続
コロナショック
Message From M

Hal.

文芸社

巻頭言：終わりなき Corona story

３年ぶりの行動制限の無い2022年５月以降
世の中が動き出したというのに第７波に襲われる
オミクロン亜種「BA.5」によるこれまでに一番大きな山
更には世界のトップに躍り出る感染者数にもなる
もはや疫学調査や濃厚接触者特定もできない世界
感染者の健康観察を取りやめる事態にも
病床はひっ迫し感染自宅待機者は増加の一途
救急車は搬送困難が多発し救急医療の体をなさない
死者数は増大し自宅で死亡する人も増加する
同じことがまた繰り返されていく
感染者減対策もできず更には感染者報告がネックになり
医療機関や保健所の業務を圧迫し続ける
次々と新しい課題が突き付けられるが……
もはや緊急事態宣言やまん延防止はその意義を失う
ワクチン接種効果は約半年の有効期限付きで
「接種したから」と言っても感染は免れない
変異し続けるウイルスの脅威は去らない
その後第８波（2022年11月～2023年２月）へと続き
2023年５月８日には感染症法上の５類へ移行となる
更には同年７月から第９波に見舞われる
コロナは「終わりなき物語」だが
本書にて約４年に及ぶメッセージを閉じることにする

目　次

〈参考：月別創作数〉
　メッセージ総数　201編（うち番外14編）

【第五幕「第7波・8波襲来」】
（ショートメッセージ131編＋メッセージ11編　計142編）
　2022年5月：ショート3編
　　　　　　6月：ショート2編
　　　　　　7月：ショート3編＋メッセージ3編
　　　　　　8月：ショート11編＋メッセージ1編
　　　　　　9月：ショート9編＋メッセージ1編
　　　　　10月：ショート11編
　　　　　11月：ショート22編＋メッセージ1編
　　　　　12月：ショート14編＋メッセージ2編
　2023年1月：ショート28編
　　　　　　2月：ショート12編＋メッセージ1編
　　　　　　3月：ショート6編＋メッセージ1編
　　　　　　4月：ショート10編＋メッセージ1編
【第六幕「新たなステージ」】
（ショートメッセージ56編＋メッセージ3編　計59編）
　2023年5月：ショート13編＋メッセージ2編
　　　　　　6月：ショート17編
　　　　　　7月：ショート11編
　　　　　　8月：ショート6編
　　　　　　9月：ショート6編
　　　　　10月：ショート3編
　　　　　11月：メッセージ1編

第五幕
「第７・８波襲来」

2022年５月１日〜2023年４月30日

PROLOGUE

「コロナショック Message From M」は 2022 年 4 月末までのメッセージで同年 11 月 1 日発刊となった。5 月から 8 月中旬までの間は推敲と同時並行で、以降も続編を書き続けていた。第五幕からも前回作第四幕に引き続きショートメッセージを中心に書くことにした。2022 年 7 ～ 10 月に第 7 波、11 月中旬以降第 8 波に見舞われる。

　ここでメッセージ創作について述べてみる。その日のテレビ報道やネットニュースや新聞から出来事や事実を手書きし拾い集める。そこからあらゆる手法を使ってメッセージを創作する。
　手法例を紹介する。
・事象発想手法：その日のニュースや出来事をテーマに創作
・思いつき手法：言葉の切れ端から取りあえず思いつく文章を書き、加筆・修正など文章にエステや化粧を施していく
・ブロック手法：数行ずつブロックごとに書き、組み立て整理
・冗談展開手法：思いついた冗談から話を膨らませていく。まぁいける冗談（マイケル・ジョーダン）になればと……
・スマホ検索手法：気になった言葉や漢字を調べて創作

　サッカーW杯カタール大会 2022 スローガンの "Now is All" のように「今こそがすべて」の心境で昨日のことは忘れ、その日に感じた言葉を紡いでいく。
　なお、ついでに追記しておく。2022 年はサッカー日本代表森保一監督の「森保ノート」が注目を集め、12 月 8 日に岸田首相の「岸田ノート」との交換もあった。当初私はコロナ関連情報やメッセージ原案やヒントの言葉などを書き留めるのに印刷原稿の裏紙を使用していたが、2022 年 11 月 20 日以降は娘からもらった「ヤクルト学習帳」ノートを利用して書き続けている。

【2022年5月1～31日】

　5月1日以降のコロナ状況やメッセージを「続コロナショック」として書き続ける。「コロナショック」刊行でこれから数ヵ月は推敲作業が待ち受ける（8月17日推敲終了）。世の中は大型連休に突入し旅行や観光はコロナ禍であるにもかかわらず「日常モード」に入る。5月5日に国内累計感染者が800万人を超える。

　5月の感染状況（以下括弧内は前週比）は次の通り。

　第1週1～7日平均感染者数は東京2,961人（65.9％）大阪2,135人（82.4％）、全国2万6,428人（72.9％）。

　第2週8～14日東京4,152人（140.2％）大阪3,239人（151.7％）、全国3万9,995人（151.3％）。

　第3週15～21日東京3,565人（85.9％）大阪2,875人（88.8％）、全国3万5,551人（88.9％）。19日3回目接種は57％となる。

　第4週22～28日東京3,016人（84.6％）大阪2,372人（82.5％）、全国2万8,837人（81.1％）。

5月5日（木）

5月連休中の思い　　　　　　　ショート72

今回は通算294編「コロナ憎し（294）」
朝から晩まで原稿に何度も目を通す日々
「ああせい　こうせい」と文章のエステにいそしむ
後世のためだと思えば力も入る
感染者は今のところ順調に低減しているが
連休中の観光地はどこも　ヒト　ヒト　人
一事がバンジー（万事）ジャンプ
一時の飛んでもない緩みが第7波につながるか？
コロナは七変化するが感染防止策の手立ては無い
10連休明けが気になるが……

5月6日（金）
・来月を目途に外国人観光客再開（団体旅行から）する方針
・大阪府知事「4回目接種を医療・介護従事者も対象に」国へ要望

5月17日（火）
斉藤国土交通相「観光客入国再開に向けた実証事業を月内実施」
（米、豪、タイ、シンガポール4ヵ国から団体客50人程度受入）

5月18日（水）
独自基準「大阪モデル」警戒を示す「黄色」から解除の「緑」に引き
下げる（5月23日適用）

5月19日（木）
大阪府は会食時制限「1テーブル4人、2時間」5月23日から制限
解除（非認証店は5人以上入店させないよう要請）

5月20日（金）
・東京都「リバウンド警戒期間」期限5月22日延長しないと発表
　（5月22日までは1テーブル8人以内、2時間以内）
・政府は「6月1日から一日当たり入国者上限を1万から2万人へ引
　き上げ」発表（入国時全員検査も緩和の方向）
・後藤厚生労働相は4回目接種を5月25日から開始と発表
　（重症化予防が目的、60歳以上、18歳以上で持病や重症化リスクが
　高い人を対象、3回目から5ヵ月以上の間隔）
・東京都「もっとTokyo」来月から試験的に再開
　（1泊5,000円、日帰り2,500円補助）
・後藤厚生労働相は「マスク着用の政府見解」発表
　屋内で距離約2m以上確保でき会話しない場合は着用必要なし
　屋外で会話がなく距離確保する場合着用不要（ランニング、自転車、
　徒歩通学）
　2歳以上の未就学児は一律に着用を求めない
　夏場は熱中症危険もありむしろマスクを外すことを推奨

5月21日（土）
大阪府は5月末からノババックス社のワクチン接種開始発表

消えた4,630万円（番外）　　　　　　ショート73

4月8日誤送金問題が山口県阿武町で発覚
新型コロナ関連463世帯への給付金
町職員が今の時代にフロッピーディスクで銀行へ持ち込み
その上提出不要の「振込依頼書」で1人へ誤送金
「あぶく銭」ではない「阿武町の公金」なのだ
人口3,000人ほどののどかな町を揺るがす事件となる
同行し銀行へ行くが「今日手続きはしない公文書郵送を」
その後「ネットカジノで4,630万円を使い果たした」と
わずか10日余りで火事の（カジノ）ように一瞬で消失
わかった上での「ねこばば（猫糞）だ」
その後民事訴訟に発展する
5月18日詐欺で逮捕される
罪名は「電子計算機使用詐欺容疑」
突然「降って湧いた大金の入金」
若い24歳の男を狂わせ運命が変わることになってしまった
「働いて返す」と言うが民事では回収できない場合が多い

※追記：5月24日約4,300万円を法的確保（カジノ業者振込）
　　　　7月11日未回収約340万円を法的に回収したと発表
　　　　9月22日民事裁判は解決金340万円支払いで和解成立
　　　　10月5日から刑事裁判の初公判開始

5月23日（月）
「大阪いらっしゃいキャンペーン」6月1日再開（7,000円割引）
（対象2府3県、1テーブル4人以内と2時間以内は解除）

３年目の払拭できない不織布マスク

マスク論議が再燃している

２ｍ距離確保すればマスクは外してもよいのだが

駅から離れた人通りの少ない道でも皆マスク

車でもマスク運転する人

人が集まるところでは当然のようにマスクしている

日本人の勤勉さか？

いや人の目を気にしているからなのか？

一時マスク会食の話もあったが

まぁ空く（マスク）店では外しているが

マスクを外したり着けたりでは

おいしく食べられず「マズく」なる

夏は熱中症の危険もあり「増す苦」になる

コロナ以外「風邪」や「花粉症」対応もある

ウィズコロナでマスク色分けの推奨も出るか？

５月24日（火）

　東京都感染者２人からオミクロン株派生型「BA.5」系統と

　「BA.2.12.1」系統初確認

　※BA.5は４月29日成田検疫で３件確認

　　BA.2.12.1はBA.2からの変異、空港検疫で71件確認

５月31日（火）

　大阪府「大規模医療・療養センター」閉鎖（費用50億円）

　（1,000床で今年１月末から運用、最大使用率７％）

【6月1日～30日】

　6月中旬以降の感染者数は再び増加に転じる。6月16日東京都は感染状況の警戒レベルを5ヵ月ぶりに下から2番目に1段階引き下げる（医療提供体制警戒レベルは引き続き4段階下から2番目）。6月30日東京都は感染者が3,621人となり2週間前に引き下げたばかりの警戒レベルを4段階の上から2番目「感染が拡大している」に引き上げる。専門家は感染再拡大の要因は①ワクチンや感染による免疫が落ちたこと、②「BA.5系統」への置き換わりが進んでいること、③人の行動が活発していること、などを指摘。東京都によると5月末まで「BA.2」がほぼ100%、6月13日時点では「BA.5」疑いが13.6%、20日時点では25.1％まで急増。「BA.5」は「BA.2」より感染力が1.3倍高い分析もある。国立感染症研究所は7月下旬には「BA.5」にほぼ置き換わるとの試算を示す。

　6月9日国内累計感染者900万人超えとなる。6月14日東京都の重症者数は初めて0人（最多2021年8月28日297人）になる。

　5月29日～6月4日平均感染者数は東京2,112人（70.0％）大阪1,556人（65.6％）、全国1万9,433人（67.4％）。

　6月5～11日東京1,619人（76.7％）大阪1,293人（83.1％）、全国1万5,348人（79.0％）。

　6月12～18日東京1,592人（98.3％）大阪1,154人（89.2％）、全国1万4,048人（91.5％）。

　6月19～25日東京1,963人（123.3％）大阪1,184人（102.6％）、全国1万4,696人（104.6％）。

6月1日（水）
　政府は入国者上限2万人に倍増、空港検疫措置も緩和
　10日から団体旅行対象の外国人観光客受入も2万人枠内

6月4日（土）
　東京都「もっとTokyo」予約受付10日正午再開（～7月31日）
　（ブロック割参加せず、1泊5,000円、日帰り2,500円補助）

6月15日（水）
岸田首相記者会見（通常国会閉会を受け）
・司令塔機能強化（6月17日決定）「内閣感染症危機管理庁」設置、
　「日本版ＣＤＣ（疾病対策センター）」創設
・「物価・賃金・生活総合対策本部」設置

6月16日（木）
・政府全国拡大「旅行支援」（7月前半〜8月末まで）明白に
　公共交通機関利用の割引上限は1人1泊8,000円、それ以外5,000円、
　クーポン平日3,000円・休日1,000円

やたらめったら（番外）　　　　　　　　　　　ショート75

やたらめったら「メタバース」メタメタ増える「仮想空間」
テレビドラマ「警視庁・捜査一課長」最終回もメタ話
分身のアバターで3次元の世界に入る
すべては仮装しての現実逃避か？
いつまでも逃避できるものでもないが
メタと言えば「メタボリック」も増えている
内臓脂肪をメタ切りにしたいがそうもいかない
やたらめったら付きまくり
ボリボリ掻いても無駄な話か？
シンドロームのようしんどいことになる
そう言えば「ヘビメタ」もある
メタンガスは軽いがメタ重い感じがする
メタはメタルで金属だからしメタと思ったが
しまらない話になってしまったか？
めちゃくちゃか？　メタメタか？

6月18日（土）
厚生労働省「全国自宅死亡者は第6波（2022年1〜3月）555人」
（昨年8〜9月の第5波は202人）

誹謗中傷（番外）

抽象画と言えば「ピカソ」だが
誹謗中傷が無くならない
やっとのことで法律が制定されたが
自分のことはさておき
ネットですぐ拡散する人が多い
必ずこだまとなって自分に返ってくるのだが
ネット世界はフェイクニュースが
あたかも真実のように飛び交っている
何が正しくて何が間違っているか
見極めないと大変なことになる
ある意味ネット社会は怖い存在
責任が伴う世界なのだ

【7月1～31日】

　1日感染者数は東京14日連続、大阪10日連続、全国では11日連続前週同曜日を上回る状況。「BA.5」が凌駕し、このまま第7波を牽引していくことになるのか？　2日午前1時半頃にKDDIの大規模な通信障害が全国で起こる。最大3,915万回線になると公表。発生から40時間過ぎても復旧しない異例の事態。コロナ関連では感染自宅待機者への健康観察ができない事態にも及んだ（復旧には63時間ほどかかる）。

　2日までの1週間平均感染者数は東京2,946人（150.1%）大阪1,874人（158.3%）、全国1万9,722人（134.2%）。

　3日都心では9日連続「猛暑日」の最高記録更新。6日東京感染者は4月14日8,535人以来約3ヵ月ぶり8,000人超えの8,341人（7日8,529人）、全国では6日4万5,821人（7日4万7,976人）。7日の東京都専門家会議では急拡大期「第7波に入ったと考えられる」。

　8日WHOは「BA.2.75（通称ケンタウロス）」を「懸念される変異株における監視下の系統」に分類。6月2日インドで初確認され、感染力は「BA.5」の3.24倍、オミクロン株とは異質の変異株。ワクチンで得られた免疫をすり抜ける恐れもあるとのこと（8日神戸1人、19日大阪2人、21日東京で2人が確認される）。安倍元首相が午前11時半頃奈良県近鉄大和西大寺駅北口前で街頭演説開始直後背後から銃で撃たれたとの速報。午後5時3分死去のニュースが世界を駆けめぐる（7月14日国葬開催宣言、22日閣議決定）。

　9日までの1週間平均感染者数は東京6,746人（229.0%）大阪3,899人（208.1%）、全国3万9,317人（199.4%）。

　11日大阪府は独自基準大阪モデル「黄信号」を再び点灯させる。政府分科会尾身会長は「BA.5」への置き換わりにより「第7波に入った認識、行動制限はせず感染対策を徹底すべき」の発言。沖縄県は「コロナ感染拡大警報」を本島と八重山圏域に発令（11～24日）、病床使用率は56.1%となっている。

　12日東京の感染者は約4ヵ月ぶり1万人超えの1万1,511人、大阪9,960人。沖縄は5月11日の2,702人を上回る過去最多の3,436人、全

国では12県が最多更新し7万6,000人を超える。第7波到来を決定づける日となった。14日東京都は感染状況の警戒レベルを最も高い「大規模な感染拡大継続」へ3ヵ月ぶり引き上げる（医療提供体制も上から2番目へ引き上げる）。国内累計感染者数は1,000万人を超える（2001年1月15日最初の感染確認から約2年半）。日本の総人口は1億2,000万人余り、12人に1人の感染経験があることになる。15日全国では過去2番目となる5ヵ月ぶり10万人超え10万3,311人（2月5日最多10万4,169人）。東京は4日連続1万人超えの1万9,059人、大阪は9,745人。16日全国感染者は14県が最多更新し2月5日の最多を超える11万676人、東京は1万4,106人、大阪1万2,351人。

　16日までの1週間平均感染者数は東京1万4,106人（209.1％）大阪8,580人（220.1％）、全国6万8,641人（174.6％）。厚生労働省（以下厚労省）データで自宅療養者13日時点32万9,538人（6日15万9,780人）と先週の倍増、うち東京最多5万3,015人、大阪3万3,374人。

　19日大阪府でオミクロン株の亜種「BA.2.75」2人感染判明。沖縄は10万人当たりの新規感染者数はトップ（17日4,165人の最多）で、感染・濃厚接触で働けない医療関係者の人は最多1,186人（18日732人更新）となる。全国の5〜11歳ワクチン接種状況は1回目17.9％、2回目16.6％、12〜19歳は1回目75.8％、2回目75.1％、3回目32.4％。この日フィギュアスケート羽生結弦選手がプロ転向表明。私事だが4回目ファイザー製ワクチンを接種した。打ち終えた後の痛みはなかった。

　20日全国30府県最多の15万2,532人、東京2万401人（病床使用率43.5％）、大阪2万1,976人（同40.6％）、沖縄5,160人（同75.3％）。沖縄は21医療機関のうち12ヵ所が満床で"破滅の入り口"に突入。塩野義製薬国産初飲み薬「ゾコーバ」は有効性が判断できないことにより緊急承認見送りとなる（11月再審議）。松野官房長官は「新たな行動制限を行わず、重症化リスクの高い高齢者を守ることに重点を置く」。

　21日東京都は医療提供体制警戒レベルを「最も深刻なレベル」へ1段階引き上げる。東京の感染者は初の3万1,878人の大台に乗る。沖縄は「医療非常事態宣言」発令。全国では35都府県が最多の18万

6,232人となる。多くの学校で夏休みに入る。

　22日全国では22都道府県が最多の19万5,161人。東京2日連続3万人超え3万4,995人。国内累計感染者数は1,100万人を超える。

　23日全国感染者は第6波ピーク時の倍20万950人。療養中の感染者は初めて100万人超え101万6,154人となる。東京は3日連続3万人を上回る3万2,698人。重症者は第6波ピーク2月26日1,507人の13%の203人。第7波ではワクチン接種が進んでいない10歳未満の子どもの感染が全体の3割を占める状況。ＷＨＯは「サル痘」について最高レベル警戒にあたる「緊急事態」宣言。今年に入り75の国と地域で1万6,000人以上の感染と5人死亡が報告。スポーツ界では大相撲で7つの取組が不戦の異例事態、プロ野球でも22日から3試合中止など感染者が急増している。

　23日までの1週間平均感染者数は東京2万3,068人（163.5%）大阪1万5,308人（178.4%）、全国14万490人（204.7%）。

　25日「サル痘」患者が都内で初確認（海外渡航歴有り）された。

　感染拡大は社会インフラに様々な影響を与えている。ＪＲ九州では運転士と車掌が38人感染し、濃厚接触で特急列車120本が27日から9日間運休に追い込まれる。小田急バスも30人が勤務できず運行に影響。海水浴場では監視員不足で遊泳禁止も。医療従事者も人員不足で更なる苦境に立たされる。発熱外来はキャパオーバーとなり、抗原検査キット不足も広がり始めている。26日HER-SYS（患者情報集約）は患者急増に伴い入力が大幅に増えシステム負荷がかかったことにより午前から一部で入力できない状態になる。27日時点の病床使用率は19府県で50%を超える事態ともなっている。28日東京都では2例目となる「サル痘」の患者が確認される。29日検査を受ける人が増え検査キット不足を引き起こす（濃厚接触者は検査すれば最短で3日も原因の一つ）。病院関係者からも濃厚接触者待機期間への疑問が噴出。30日政府は第7波の収束後、感染症法上の「2類相当」扱いの見直しに着手する方針を固める。保健所や発熱外来の負担軽減のため、感染者全数把握取りやめの是非など検討。

　30日までの1週間平均感染者数は東京3万1,688人（137.4%）大阪2万195人（131.9%）、全国19万7,996人（140.9%）。

7月12日（火）
　・東京都は都内約200の医療機関に対し病床を5,000から7,000へ引き
　　上げるよう要請（12日時点都の病床使用率41.1％）
　・「BA.2.75」が神戸市で国内初確認（海外渡航歴無し）
　※BA.2の亜系統。6月2日インドで最初に検出。米、英、独、加など6,000
　　件の報告。「BA.5」に比べ感染力が3.24倍、ワクチン免疫が効かないリスク
　　があるとの見解

7月13日（水）
　政府は7月前半予定の「全国旅行支援」開始延期決定
　都道府県が行う「県民割」補助は8月末まで延長

7月14日（木）
〈岸田首相記者会見〉
　・「感染者数は増えているが、重症者や死亡者数は低い水準、新たな
　　行動制限は考えていない」と表明
　・ワクチン接種4回目の加速
　　すべての医療従事者と高齢施設の従事者および約800万人を対象に
　　4回目接種実施
　・若い世代への3回目接種呼びかけ
　・全国1万3,000ヵ所、駅や空港100ヵ所以上無料検査拠点整備

7月15日（金）
〈基本的対処方針決定〉
　・新たな行動制限を行うのではなく、社会経済活動を維持
　・高齢者予防重点（60歳以上高齢者や基礎疾患がある18 〜 59歳対象
　　の4回目接種促進）
　・帰省などで高齢者や基礎疾患のある人に会う前の検査促進
　・医療機関受診前自ら抗原定性検査キット活用できる体制整備
　・ワクチン接種の加速、検査の活用、効果的な換気方法

生物界への異変（番外）　　　　ショート77

2022年の猛暑は6月下旬から7月上旬まで続く
「カァー」となる猛暑は過ぎ去ったが
どうやら生物界に異変をもたらしたのか？
「蚊」は夏バテで出てこないか？
それとも消えたか？
「蚊取り線香」はしないで助かるが
「セミ」の鳴き声も聞こえてこない
今はセミファイナルで本番はこれからか？
田んぼではザリガニボイルで「パエリア状態？」

7月16日（土）

戻りたくないが　　　　　　　　ショート78

関東甲信地域は6月27日に梅雨明け
その次にやって来たのが猛暑日連続
熱中症にも悩まされる
暑さが収まったと思ったら「戻り梅雨？」
埼玉「記録的短時間大雨情報」
九州では15日初めて「線状降水帯」予測も
観光地に人が戻ってきたと思ったら
全国の感染者は13・14日9万人超え15日10万人超え
「戻りコロナ（リバウンド）の第7波」となる
マズい話が連続するがウマい話は
三陸沖で8〜9月漁獲される「戻り鰹」ぐらい
もう後戻りできず自粛も立ち戻るのか？

7月21日（木）
　防衛省は大規模接種会場（東京・大阪）の期限を7月31日から9月
　30日まで延長発表

26

7月22日（金）

・政府は濃厚接触者待機期間を原則7日間から5日間へ短縮
　　陰性確認の場合は最短3日目で解除
・追加接種はオミクロン株対応の改良型を想定し準備する方針
・60歳以上に限っていた4回目接種は18歳以上すべての医療従事者
　や高齢者施設職員など対象を拡大（約800万人）
・岸田首相は「コロナ病床数を3万から5万まで増やす」と明言
・東京都は「クラスターの場合を除き保育園や幼稚園、小学校の濃厚
　接触者特定をしない」と発表

7月23日（土）

同じことの繰り返し　　　　　　　　　　ショート79

全国感染者は20日から15万　18万　19万　23日20万人超え
第7波「BA.5」急襲により経験のない世界が訪れる
一般クリニックでは患者が受診できない状況
発熱外来では朝15分で当日の予約が埋まる状況
子どもの感染も増大し小児医療はひっ迫の状況
5〜11歳の接種にも手が回らない状況
濃厚接触者は特定されず個人判断の状況
行動制限の無い夏休みに突入しているが
感染者数は報告数字に表れない潜在数が隠れている状況
政府は経済優先に舵切りをした以上感染者が増大しようと
打つ手乏しく何もできない手詰まり状態
「適切な対応」と言うが具体策など何もない
同じことがまた繰り返されていく

7月27日（水）

大阪府は「大阪モデル」黄信号から約3ヵ月ぶり赤信号を点灯
コロナ禍で4度目となる「医療非常事態」も宣言
28日から重症化リスクの高い高齢者らに不要不急外出自粛を要請

7月28日（木）
・東京都は発熱外来負担軽減のため発熱外来を受診せずオンラインで
　陽性認定できる仕組みの導入決定
・東京都は保健所に陽性を届け出ることができる「陽性者登録セン
　ター」を8月3日開設（自主的な検査で陽性→オンラインでキット
　判定写真と持病有無を送信→センター常駐医師が感染を認定し保健
　所へ届け出る仕組み）
・大阪府は重症化リスクの低い人の受診を控えるよう呼びかけ

7月29日（金）
　政府は「BA. 5対策強化宣言」を出す新たな枠組み創設を決定
　病床使用率が50％超で都道府県が出す（国は助言や指導）
・重症化リスクの高い高齢者らは感染リスクが高い場所へ外出自粛
・重症化リスクが低い人は自己検査を検討
・飲食店での大声や長時間滞在の回避
・在宅勤務の推進

7月6日（水）
第7波到来

7月6日東京都感染者数は先週2.2倍の8,341人

大阪も先週2倍以上の4,621人　全国では4万5,821人

福岡では2,366人で県独自の「コロナ警報」発動

なんと（南都）沖縄でも2,241人

オミクロン派生型「BA.5」置き換わりの拍車がかかる

「BA.2」から感染力3ランクアップしたような「BA.5」

これまでの主流「BA.2」より感染力が1.3倍強い

中和抗体効果が「BA.1」の7分の1とされる

第7波へと状況は悪化の道をたどる

政府目論見の7月前半「全国旅行支援」実施も崩れ去る

今更まん延防止や緊急事態宣言発出はできないだろう

行動制限が無くなった今

人々の感染予防意識は緩んだまま

そんななか発熱外来は「いきなりパンク」状態

熱中症で救急搬送される人も増えている

観光地や飲食店はこれからと思っていた矢先でもある

高齢者は再び恒例の自粛生活舞い戻りか？

５６７（コロナ）第7波で終わりにしてもらいたいが？

7月15日（金）
様子見状態継続

14日国内累計感染者は1,000万人超えとなる
都内感染自宅待機者は10日間で3倍の6万1,131人
全国重症者は100人で第6波ピーク時（1,507人）の約7％
15日東京都新規感染者は4日連続1万人超え1万9,059人
全国では5ヵ月ぶり10万人超え過去2番目の10万3,311人
発熱外来には受診者が殺到する
「BA.5」による第7波は第6波の山を越え
未経験の爆発的感染領域に入る可能性がある
医療崩壊を招き感染自宅待機者を更に増加させるだろう
政府は制限すらかけられない「様子見状態」
それもそのはず感染防止策に行き詰まっている
飲食店時短や休業させてもその効果は「不明確」
「まん延防止」や「緊急事態宣言」はその意義を失い
発出しても決め手にならないことは目に見えている
更に経済に舵を切っている以上今更発出も無理
「全国旅行支援」先送りだが「県民割」8月末まで延長？
「今年こそ行動制限の無い夏を満喫したい」と思うが
「手探りの夏休み」になるだろう

7月30日（土）
予測不能

オミクロン亜種「BA.5」が猛威を振るい
全国の感染者は27日から4日連続20万人超え
もはや感染拡大に手の打ちようが無くなっている
29日20都府県で病床使用率が50％以上に上昇
発熱外来には人が押し寄せパンク状態
感染自宅待機者は27日時点100万人突破109万8,671人
全療養者は140万2,239人（感染自宅待機者約78％）
検査を受ける人も増え続け検査キット不足をもたらす
濃厚接触者は検査で最短3日解除もその要因の一つか
病院関係者から7日は必要と待機期間の疑問噴出
政府は全国知事会からの突き上げを受け
29日「BA.5対策強化宣言」を発表
住民や事業者への単なる「呼びかけ」で強制力もない
今までの感染対策 "焼きなまし" 目新しさもない
自治体への丸投げでお茶を濁す対策しか打ち出せない
新変異株「BA.2.75」（通称ケンタウロス）の流行も
第8波を起こす引き金ともなるか？
このまま感染が落ち着くのを指をくわえて見るしかないか？

【8月1〜31日】

　8月の課題は①行動制限が無いなか「BA.5」によりどこまで感染が拡大するのか、②重症者数や死亡者数の今後の推移が懸念、③医療はどこまでひっ迫するのか、などが挙げられる。これまでの最多記録は東京7月28日4万406人、大阪7月26日2万5,762人、全国では7月28日23万2,841人。子どもたちは夏休みに入り感染数は減少すると思うが、お盆の時期を迎え帰省により地方での感染者が増加する危惧もある。

　1日東京都はこれまで抗原検査キットを無症状の濃厚接触者（ウエブ申込）に配布していたが、対象者を発熱など症状のある20代の人へ自宅配送による拡大を図る（8月9日から30代へ拡大）。お盆期間を含む5〜18日は無料検査場を東京・品川・上野・池袋・新宿の主要各駅に設置。国は全国117ヵ所に設置。

　2日政府分科会尾身会長など専門家有志は「医療提供体制の維持と社会経済活動を両立するための提言」発表。一般診療所が積極的に治療を行うほか、中長期的に重症者以外は通常の保険診療に移行し、濃厚接触者特定は不要とすることなど。更に「全数把握」を見直し、重症化リスクのある人や死者に絞って情報把握など提案。尾身会長は記者会見で「医療機関や保健所の負担は限界に来ている。今できることを弾力的にやることが大事」と話した。同日神奈川と熊本両県は「BA.5対策強化宣言」を発令（福岡は既に独自のコロナ特別警報）、その後3日鹿児島、4日千葉と埼玉、5日宮城、栃木、新潟、岐阜と続く（月末まで）。日本感染症学会など医療4学会は「症状が軽い場合は、検査や薬のため医療機関を受診するのは避けてほしい」とする声明発表。日本列島は危険な猛暑に見舞われる。37都道府県が「熱中症アラート」で今年最多となる。東京23区では1日まで先月の熱中症による死者は92人（昨年同期13人の約7倍）となる。

　3日松本日本医師会会長は「医療現場の負担は限界で全数把握見直し」発言。政府は第7波が落ち着いた後で見直し論議開始の方針。救急搬送困難事案は全国7月25〜31日6,307件と最多（その後8月1〜7日6,589件と最多更新、うちコロナ疑い2,873件）。全国感染者数

は24道府県が更新され24万9,786人の最多に。感染自宅待機者は全国143万8,105人。ＷＨＯは「日本のコロナ新規感染者は7月25〜31日は前週約96万人42％増の約138万人で2週連続世界最多」と発表（世界全体は同期間約656万人で前週に比べ9％減）。

　4日最上川が3ヵ所で氾濫。前日青森、秋田、山形、新潟の4県に相次いで線状降水帯が発生。東北地方を中心に記録的な大雨に見舞われる。厚労省助言機関は前日病床使用率50％以上が29都府県にわたると発表。内閣官房2日時点のまとめでは神奈川88％、福岡79％、沖縄78％、和歌山76％、静岡75％と続く（東京54％、大阪59％）。ベッドが空いていても医療従事者の欠勤で患者受け入れが困難な事態にもなっている。高齢者施設でクラスターが急増（1ヵ月で3倍）し、過去最多となっている。政府は感染者情報を一元管理する「HER-SYS」の入力簡素化を決定（当初120項目→約50項目→今回7項目へ）。厚労省は自己検査を「健康フォローアップセンター」に登録する仕組みは9都道府県内（北海道、東京、大阪、沖縄など）で導入済みとの調査結果を発表。

　5日滋賀、福井でも記録的大雨となり、河川氾濫に土砂災害と被害が相次ぐ。大阪では20〜49歳の軽症者を対象（発熱や咳で医療機関を受診することなく自己検査）に「無料抗原検査キット」を一部薬局で配布開始。

　6日広島は77回目の原爆忌を迎えた。同地は1994年6月〜1997年6月の3年間、富士通中国支社（広島）に在籍し居住した。オリジナルソング102曲が生まれ、「Message From M」を初めて創作した思い出の地でもある。東京の感染者数は5日連続3万人超え、全国でも5日連続20万人超えとなる。7月31日〜8月6日平均感染者数は東京3万1,765人（100.2％）大阪1万9,739人（97.7％）、全国21万4,062人（108.1％）。

　8日厚労省は「オミクロン株対応ワクチン」追加接種を10月半ば開始する方針を決定（2回目接種終了者の全世代を対象）。専門家分科会では5〜11歳への接種に「努力義務」を適用。

　10日第2次岸田改造内閣発足。東京は猛暑日で今年15日の過去最多となり、今後も更新し続けるだろう。新規感染者は20道府県最多

で25万403人の過去最多を記録する。石川や岐阜で「BA.2.75」が初確認（7月26日愛知でも）される。東京都専門家見解は「高齢者の重症化に警戒」が必要とのこと。

11日国内累計感染者が1,500万人を超える（1ヵ月足らずで500万人増）。7月21日に国が導入要請（制度は第6波で創設）した「簡易検査認定」（自主検査で感染者認定）の導入は16都府県にとどまる。医師確保やキット配布の難しさがネックになっている。

13日までの1週間平均感染者数は東京2万6,139人（82.3％）大阪1万7,875人（90.6％）、全国19万9,993人（93.4％）。

15日厚労省は全国感染自宅待機者10日現在154万4,096人と発表。京都府内の13医療機関と府医師会が救急医療は既に崩壊していると「真っ赤な声明文」の悲痛な訴えもあった。岸田首相は感染症法上「2類相当」運用のあり方全般も含め「全数把握」の見直しに着手するよう指示。アベノマスク配送可能在庫は約7,100万枚で、届け先不在など約30万枚が余り、政府は有効活用での再資源化による処理を実施するとのこと。

16日東京都感染者数に関し、千葉県の「陽性者登録センター」に登録された感染者が東京都感染者数に計上された（2月24日〜8月14日3万2,379人）とのこと。

17日WHOは新規感染者8〜14日の1週間で日本は139万5,301人の4週連続最多を発表。全国の病床使用率は41都府県で50％を超え最多となる。特に神奈川は91％（東京58％、大阪66％）。厚労省は薬局への抗原検査キット供給を優先し、在庫に余裕がある場合ネット販売解禁を了承。

18日全国感染者数はこれまでの最多25万5,534人（21道県更新）で大都市圏は減少傾向にあるが地方で増加傾向。5〜11歳の2回目接種率は18.8％。

19日全国感染者数は2日連続で最多更新の26万1,029人（19道県更新）。東京は11日連続2万人超えとなり、100人に1人が自宅待機していることになる。直近7日間平均死者数は250人超えで第6波のピーク時を超えて過去最多となる。

20日までの1週間平均感染者数は東京2万2,296人（85.3％）大阪1

万9,421人（108.6％）、全国21万2,072人（106.0％）。

　21日岸田首相が感染の報道。加えて旧統一教会問題や安倍元首相国葬問題の三重苦となり、内閣支持率急落（21日毎日新聞は支持率36％と内閣発足以来最低）の状況となっている。

　23日全国死者数一日当たりは今年2月22日の327人超えの343人と過去最多となる。第7波の死者は過去最悪のペースで増加する。全国知事会は「全数把握」見直しを求める緊急提言を行う。

　24日厚労省集計では全国感染自宅待機者157万6,774人の過去最多。ロシアがウクライナに侵略し半年になるが、戦況は膠着状態。

　25日国土交通省は「県民割」期限を9月末まで1ヵ月延長を発表。県民割の全国版「全国旅行支援」開始は見送る。大阪府は高齢者対象の「不要不急外出自粛」27日期限で解除。

　27日岸田首相は「全数把握」見直しは「全国一律を基本」とし、システム改修など環境整備を進めた上で9月半ば以降の考えとのこと。マスク着用など感染防止対策を講じれば無症状感染者の「買い出し」を9月中旬容認検討（日常生活支障配慮）。27日までの1週間平均感染者数は東京2万822人（93.4％）大阪1万6,710人（86.0％）、全国20万1,823人（95.2％）。

　29日政府が24日発表した「全数把握見直し」（8月24日記載）は4自治体（宮城、茨城、鳥取、佐賀）が申請（9月2日から）、東京含む10の自治体は現行継続、33は検討中とのこと。翌日宮城県知事は4県を代表し対象外の療養証明書対応を国へ要請。厚労省専門部会は5〜11歳向けファイザー製ワクチン3回目使用を了承（2回目の5ヵ月後、2回目接種は約20％）。アストラゼネカ製抗体薬「エバシェルド」を特例承認。

　30日政府は「オミクロン株」対応ワクチン接種を10月半ばから9月中に前倒しする方針（2回以上接種した18歳以上を対象）。現在主流の「BA.5」にも一定の効果があると期待される。28日現在のワクチン接種率は2回目まで全人口の81.1％、3回目63.4％、対象が限定される4回目は60歳以上で53.6％。

8月3日（水）

圧迫・ひっ迫オンパレード　　　　　ショート80

今までのやり方や対策では通じない「BA.5」
次々と言葉が消え去っていく
「緊急事態宣言」「まん延防止」「休業・時短」
「濃厚接触者」「積極的疫学調査」……
圧迫・ひっ迫の「オンパレード状態」
感染したら「自宅待機」になり自身での「健康観察」
受診者は「溢れ状態」で発熱外来を圧迫
保健所業務はオーバーフローで機能停滞の「パンク状態」
熱中症患者はコロナ疑いもあり「救急現場ひっ迫」
救急搬送困難事案は過去最多を更新し続ける
感染者急増は重症者増をもたらし死者数増の図式をたどる
政府は打つ手無く行動制限メッセージも出せない
そんな「動かぬ政府」いや「動けぬ政府」に対し
政府専門家緊急提言　医療4学会提言　全国知事会要望と続く
「感染者減対策」ではなく
「全数把握見直し」が課題となる

政府分科会の分断　　　　　　　　　ショート81

感染がひどい状況になっているにもかかわらず
政府分科会の会議は開かれない
そんななかでの2日「分科会専門家提言？」
提言する方と受ける方の双方に問題がある
第7波まで引き起こした専門家責任は？
提言しなければ政府は動かないのか？
もはや政府分科会はその機能を失っている
「検討」発言ばかりの政府は「決断」もできない

36

8月5日（金）

対策の見誤り　　　　　　　　　　　　　ショート82

コロナ対策は「医療」ではなく「事務」問題に移行
「感染者減対策」は「事務作業負担軽減対策」に成り代わる
「ＨＥＲ－ＳＹＳ」の入力簡素化
発熱外来に行かず「自分で検査し登録」
医療専門家の人たちからは「全数把握見直し」や
「軽症者は受診控えて」などの提言・発言が相次ぐ
すべて事務対応処理の話ばかり
優先すべきは感染者を減らす対策が必要なのに
目的と手段をはき違えている
ＷＨＯが３日「日本が世界でトップの感染者数」発表
マスク着用は世界でも優秀な日本なのに？
政府はなす術もなく目先の対応しかできなくなっている
ピークが過ぎるのをこのままじっと待つしかないのか

検査考　　　　　　　　　　　　　　　　ショート83

お盆期間無料検査場を都内主要駅や全国117ヵ所設置
帰省や旅行のためで濃厚接触者でない無症状者が対象
聞こえはいいが果たしてどうなのだろうか？
再び検査キット不足を招く可能性もある
更に濃厚接触者陰性確認最短３日解除で検査増
発熱外来は一日20〜50人限度だが受付時点100件断る実態
受診検査難民が増えている
すぐ検査しなければ家庭内感染につながっていく
自宅検査陰性であってもほかの病気の疑いもある
相談・受診目安「症状４日継続」が医療事故につながる場合も
本来検査し診断すべき病気が見過ごされる
「いつ　どこで　誰に」検査するのが有効かつ適切なのか
検査手段が何か間違っているような気がする

全数把握考

保健所や発熱外来での負担軽減のため
「全数把握見直し」が叫ばれている
事務手続きが医療ひっ迫を招いている
発熱外来は受診できない人で溢れ
無症状感染者や検査試薬不足で全数把握もできない現状
人々は感染者数を気にして旅行中止や行動を考える
目安が無くなってしまったらどうなるのか？
更には感染自宅待機者への健康観察などの問題もある
感染者が激増するなか問題点を明確化できていない
必要な情報　何を報告　データをどう活用するか？
課題は「全数把握」に問題があるのではない
医療機関「HER-SYS」入力に加え国へ件数報告の「G-MIS」
更に自治体への結果報告など「事務作業煩雑」が問題
システムが一元化されていないことも大きな課題
政府は「第7波」が落ち着いてからと曖昧な答え
感染者数が膨大となっている今では時既に遅い

8月7日（日）

熱が入る？

今年は暑苦（ショック？）しい日々の「熱暑」が続いた
夜は「熱帯嫌（夜）」で眠れない日々も
自宅駐車場でデイズ（ＤＡＹＺ）のタイヤパンクもあった
「熱タイヤ？」それともタイヤアウト（tire out＝疲れる）か？
「白熱・熱狂する熱闘甲子園の熱戦」は6日から始まった
家の中での「熱中症」にも注意が必要
「熱気」で頭はクーラクラ　命には代えられない
「光熱費」上昇の折でもクーラー（エアコン）は適宜かけないと
「高熱」で「発熱外来」へ電話しても予約はすぐ取れない
「熱波」の第7波を「熱き心」で乗り越えたい

8月9日（火）

ワクチン迷走？　　　　　　　　　　　　　　　ショート86

「オミクロン株対応ワクチン」10月半ば開始発表（※）
「ちょっと待った」
中身はBA.1と従来型対応とのこと
今の流行は「BA.5」なのになぜなんだろう？
異質の「BA.2.75」が控えている状況もあるのに
現在4～5回目接種が進行中だが
何ら具体的指針や説明もない
ワクチン種類や回数問題で国民の混乱を招くか？
現状ワクチンが余って廃棄問題になることも考えられる
「流行遅れ」のワクチン接種になる可能性も生じてくる
政府や厚労省の決まり文句「検討する」
大阪ではさりげない断り文句に使われる
検討するのではなく「Ｎｏ」の答えなのだ
コロナに打ち負けワクチンしかない道をたどる

※BA.1と従来型の成分を組み合わせた「2価ワクチン」

8月18日（木）

盆事窮す？　　　　　　　　　　　　　　　　　ショート87

お盆後の感染事例が次々と報道される
帰省先で感染し自宅に戻れず仕事に影響する人
外国の旅先で感染し出費が増加する人
沖縄では検査結果を待たず飛行機搭乗後陽性判明
17日全国感染者は23万人超え
来週にはお盆の感染者結果が出てくることになる
「盆事窮す（万事休す）」となるだろうか？
「盆暗」どころか「盆クライム」か？

不名誉な1位獲得

熱があっても受診できない　検査できない　薬がない
救急搬送もできない異常事態が常態化
「すぐに救急呼ばないで」と消防隊
「発熱した患者は診療できません」医療機関の貼り紙
17日WHOは日本の新規感染者4週連続最多発表
不名誉な1位獲得になる
18日全国感染者数がこれまでの最多25万5,534人
行動制限のないお盆休みのツケが回ってくるか？

8月23日（火）

童話に同様

ショート89

グリム童話に「ヘンゼルとグレーテル」がある
コロナは「変ズルとグレてる」ウイルスだ
二人の兄妹は義母から森に置き去りにされる
感染した自宅待機者を切り捨てる発想に似ている
お菓子の家を見つけるがワナだった
甘い誘いに乗ってコロナの悪い罠にはまらないこと
最後は魔女をかまどに閉じ込め焼け死にさせる
コロナも封じ込めて焼いてしまいたいが？
どんな時でも諦めず頑張れば家に帰れるように
コロナとの闘いも長く続くが
「コロナからの解放」を待ち続けよう！

8月24日（水）
政府は「全数把握」を緊急避難措置とする（各自治体判断）
・高齢者、入院を要する者、重症化リスクがあり治療薬投与必要な者、
　妊婦の方に限定することを可能とする、それ以外の感染者は人数お
　よび年代を報告
・どこでも検査キットが手に入るよう今月中OTC化（薬局やドラッ

グストアでカウンター越しに買える薬）し、健康フォローアップセンター（32都道府県設置済み）を全都道府県に整備し、自己検査体制を強化

〈水際対策緩和（9月7日から）〉

・入国・帰国時3回目接種証明で陰性証明免除
　（現在72時間以内陰性証明提示義務）
・入国者数上限は9月中旬に2万→5万人の方針を固める
・感染者療養期間短縮は検討
　（有症状者は10→7日間へ、無症状者は7→5日間へ短縮）

決断できない政府　　　　　　　　　　　　　ショート90

「驚き　桃の木　山椒の木」大分古いが
「全数把握」を各自治体に委ねるとは？
全国一律は感染状況を見ながら進める？
煮え切らない生煮え生半可な「他力本願」回答
出たデータはバラバラで統一性もなく「一時しのぎ対策？」
軽症者健康観察に支障をきたし自治体間情報共有にも弊害か
責任も曖昧で現場の混乱を招く
医療最前線では入力が激務となり現場では切実な問題だが
見誤っていけないことは「医療改善」ではなく「事務改善」
更に「感染者療養期間短縮は検討」
「○○したい　できるだけ速やかに検討する」の文言ばかり
全国感染者数がこれまで20万人超えというのにまだ検討か？
決断がそれでなくても遅れているのにまだ様子見か？
マスコミや世間の反応や批判を気にしているのか？
「ビックリ　クリクリ　ビックリポン」
命を救う対策は一つも出てこない
納得もへったくれもあるものか

8月31日（水）
　コロナ感染復帰岸田首相記者会見
　・旧統一教会との関係は「党の基本方針として断つ」
　・オミクロン株対応の新たなワクチン接種は前倒しの9月開始
　・9月7日から一日当たり入国者数上限を2万から5万人へ
　・添乗員無しのパッケージツアー客も受入容認
　・水際対策はワクチン3回目接種証明で陰性証明不要
　厚労省は国内初の新型コロナ予防薬アストラゼネカ社
　「エバシェルド」を承認（2種類の抗体薬を筋肉注射）

三つの課題

感染者減に逆行する政府の3課題
【全数把握見直し】
政府の「全数把握」見直しは都道府県へ判断丸投げ
蓋を開けてみれば的外れで各自治体は混乱する
健康観察　軽症からの重症化　感染動向把握等デメリット
問題は医療機関や保健所の作業量を減らすことだが
重症者増につながりかねない
政府は二転三転感染状況を見ながら全国一律検討へ？

【水際対策】
ワクチン3回目接種証明で陰性証明免除の決断
9月中旬から入国上限を2万から5万人へ拡大方針？
添乗員無しのパッケージツアーも容認か？
今や感染大国の日本へマスクしない外国人が溢れるか？
その上感染すれば今でも大変な医療機関の負荷は増大
本来ウイルスを持ち込ませないのが水際対策なのに？

【療養期間短縮】
感染させるのは発症2日前から発症後7〜10日程度
7日目以降感染させないエビデンスは無い
「短期（短気）は損期（損気）」そんな気もする
更に無症状感染者の買い出し容認を9月中旬に検討？
感染者をこれ以上増やさないため再考すべきだが？

※8月1〜26日全国感染者数20万人超17日、10万人超9日
　8月24日現在感染自宅待機者157万6,774人（過去最多）

【9月1～30日】

9月の課題は①メッセージ208に記載の「三つの課題」の動向、②感染者数はどこまで減少するか、③病院のひっ迫度合いの改善、などが挙げられる。更に8月末から夏休み明けで学校の授業が再開され子どもたちの感染連鎖が危惧される。

1日国内累計死者数が4万人を超え4万248人となる（2020年2月13日初確認、2021年4月26日1万人、2022年2月11日2万人、5月10日3万人、8月は月最多7,328人）。東京都「もっとTokyo」が正午から再開で予約殺到し、サイトダウンのトラブルも。

2日国内死者数が過去最多の347人（秋田県の家族同意を得ていない56人分非公表の死亡者が今回加算）。厚労省はワクチン接種死亡事例は接種開始以来約18ヵ月（2021年2月17日～2022年8月19日）で1,834件（ファイザー1,656件、モデルナ176件、アストラゼネカおよびノババックス各1件）の報告。大阪府は「大阪いらっしゃいキャンペーン」9月12日再開（最大5,000円）。

6日五輪を巡り、大会組織委員会元理事高橋治之氏が受託収賄容疑で再逮捕（AOKIに続きKADOKAWA）五輪後も泥を塗る（5日広告大手の大広や7日駐車場運営のパーク24へ捜査も）。厚労省は5～11歳へのワクチン接種について「努力義務」適用と3回目接種を正式に開始すると自治体へ通知。

8日英国エリザベス女王逝去（9月19日国葬）。

9日国内累計感染者数が2,000万人超え（8月11日1,500万人）。

14日厚労省はオミクロン株対応ワクチン接種を20日から始める方針を決める。4回目接種となる60歳以上の高齢者を優先し10月以降は2回目まで終えた12歳以上に拡大する。接種期間は5ヵ月としているが、欧米では2～3ヵ月と短く10月下旬短縮を検討する。WHOは新型コロナウイルスパンデミックの「終わりが視野に入った」との認識を示した。

22日3年ぶり開催の徳島市阿波おどり（8月12～15日）で踊り手を含め参加者の4分の1に当たる819人の感染が判明。

26日全国一律で全数把握の簡素化が開始（9県先行実施）される。

本見直しに伴い生命保険各社は入院給付金を高齢者や重症者らに限定し、みなし入院の軽症者は除外（約7割減）される。

　27日安倍氏国葬が日本武道館にて挙行。高橋氏3度目逮捕（大広受託収賄容疑）、ぬいぐるみ販売のサン・アロー社も疑惑浮上中。

　9月の感染状況をまとめると次の通り。

　8月28日〜9月3日平均感染者数は東京1万3,541人（65.0％）大阪1万993人（65.8％）、全国13万9,733人（69.2％）。

　9月4〜10日東京9,979人（73.7％）大阪7,976人（72.6％）、全国10万3,210人（73.9％）。

　9月11〜17日東京8,333人（83.5％）大阪6,241人（78.2％）、全国7万9,295人（76.8％）。

　9月18〜24日東京6,323人（75.9％）大阪4,195人（67.2％）、全国5万4,879人（69.2％）。

9月1日（木）

台風荒れ模様　　　　　　　　　　　　　　ショート91

苦月（9月）に入り政局は「混迷　低迷　迷路に入る」
国葬や旧統一教会問題で昨日岸田首相のおわび会見
世論調査では国民の半数以上が国葬反対意見
旧統一教会問題はアンケートで済ませてしまうのか？
全国感染者は10万人を超えるがコロナどころではない状況
小笠原諸島付近で発生した台風11号は西へと進み
沖縄周辺でさまよい停滞し勢力を増し北上する予定
政局が右往左往するのと似ている
台風は「ムロの風」と書くが強風と雨を伴ってやってくる
目じゃないどころか「メジャーリーグ級で目もある」
被害の大きさはメジャーで計り知れない
台風にはそれぞれ名前が付けられている
国際機関「台風委員会」加盟国提案名称が既に140個用意
発生順に付けられるとのこと
11号「ヒンナムノー」（ラオス提案）10号「トカゲ」だった

９月２日（金）

　岸田首相は感染症対応の司令塔機能強化するため

　「内閣感染症危機管理統括庁」設置発表（2023年度中）

〈感染症対策強化に向けた主な施策（秋の臨時国会提出）〉

　・都道府県と医療機関が協定締結し、公的医療機関に感染拡大時病床
　　など医療提供を義務付ける（勧告・指示・公表もある）

　・医療品や医療機器などの確保のため事業者へ生産要請・指示

　・検疫法改正し感染恐れのある入国者へ自宅待機指示（罰則有）

　厚労省分科会は「オミクロン株対応ワクチン」について

　・２回目まで接種を終えた12歳以上のすべての人が対象

　・高齢者、医療従事者などのうち４回目対象で未接種の人より今月半
　　ばから実施

９月４日（日）

疑問の潮流　　　　　　　　　　　　　　　　ショート92

　ウツセミ　セミコロン　セミはいなくなった

　先週全国感染者は10万人を超える日が続いた

　まだまだ収束しない第７波

　セミファイナルの延長戦か？

　重症者は第６波ピーク時の４割程度だが

　死者数は過去最悪の水準となっている

　持病悪化や全身衰弱で高齢者死亡が目立つ

　内閣支持率は下がり続ける様相か？

　旧統一教会は果たして境界線を引けるのか？

　アンケートは記述曖昧で再提出続出し公表も遅れる

　国葬は酷な説明が予想され答弁を乗り切れるのか？

　感染対策は相変わらず様子見状態

　東京や大阪ではキャンペーンも再開

　疑問だらけではあるがウィズコロナは続いていく

5回目接種？

3回目接種から5ヵ月後7月19日に4回目接種をした
オミクロン株対応ワクチン接種が9月中旬から開始予定
5ヵ月の期間を空けると12月になるが
その頃は「BA.5対応ワクチン」も出てくるか？
それとも「BA.5」は下火になり別の新株が流行っているか？
これまで2年半自粛生活で感染を免れてきた
ワクチン接種は念の為だったが役立たずの感もする
打っても　打っても　打ち疲れ？
コロナウイルス・イボイボボールは球種も多彩
ワクチン打ってもボールは打ち返せず空振りの繰り返し？
打席に入る気もしなくなる
視界（4回）は開けず誤解（5回）が生まれるか？

9月5日（月）

政局迷走

政府の政策は「とりあえず対策」ばかり
すべてが中途半端のリーダーシップ
湿布程度で傷はおさまらない
船（シップ）はどこへ行こうとしているのか？
目の前の国葬や旧統一教会問題対応で手いっぱい
拙速な判断や表面上の対応で世論を見誤り汲々としている
骨の髄まで浸み込んだ境界の無い教会の病原菌
このままでは膿を出し切れず決別とはいかないだろう
お得意の動向を見てどうしようか決めるのか？
「検討使」と揶揄され政府の迷走は続くのか？
感染対策は小出しでアピールしている感もする
「命を救う」対策はどこかに置き忘れてしまったのか
緩和対策ばかりの論議ではなく
医療専門家を交えリスク管理のあるべき姿議論が望まれる

9月6日（火）

岸田首相は「新型コロナ対応」新たな方針表明（7日決定）
・感染発症者の療養期間を症状ある人は10日間から7日間へ
　無症状者は陰性確認で7日間から5日間へ短縮
・症状軽快から24時間以上経過した人や無症状の人はマスク着用の
　対策を講じれば必要最小限の外出を認める
・「全数把握」は詳しい報告対象を重症化リスクの高い人に限定でき
　るよう簡略化した運用に今月26日から全国一律移行
・オミクロン株対応ワクチンを今月開始、来月から11月にかけて一
　日100万回を超えるペースで接種できる体制を整備
物価高騰の追加対策として住民税非課税世帯に5万円を給付する方向
で調整（9日決定）

9月8日（木）

〈イベント人数制限の基本的対処方針改定（8日から適用）〉
　1会場で大声ありと大声なしのエリアを明確に区分すれば上限をそれ
　ぞれ定員の50％と100％とする新基準

9月9日（金）

政局ゴタゴタ続き（番外）　　　　　ショート95

自民党は旧統一教会アンケート結果を8日公表
所属議員379人中179人の接点が確認
121人の氏名が挙がるが幕引きどころか火に油
ゴタゴタ　グタグタ　が続くのは目に見えている
安倍氏の関係も岸田首相の「限界答弁」に批判殺到
「国葬は適切　費用（16億6,000万円）は妥当な水準」
歯車が狂い言い訳も空しく丁寧な説明は同じ内容の繰り返し
「あ　そうか？」上の人の声を聞きフライング決断か？
閣議決定プロセスの問題も指摘される
このまま国民の半数以上反対の声を置き去りにし
尻切れトンボで27日の日本武道館国葬へ突き進むだろう

9月11日（日）

出愚痴（出口）戦略？　　　　　　　　　

医療・行政サービスは段階的縮小・廃止へ

水際対策は上限人数廃止　個人旅行解禁へ

マスク完全離脱とはいかないが緩和方向へ舵を切る

風邪薬同様にコロナ治療薬があってのことと考えるが

インフルエンザ同様にワクチン接種はこれからも続くのか

高齢者にとっては同様ばかりで動揺する

動き出した日常は止まらない

音楽ライブやスポーツ観戦と人々は動き出す

秋の催しも各地で開催

一方感染者数は減少するが中等症で亡くなる人が増加

持病悪化をもたらし亡くなる人も多くなる

出口戦略に愚痴は出るが口出ししても仕方ないか？

9月12日（月）

厚労省は「オミクロン株対応ワクチン」特例承認

　（ファイザーは12歳以上・モデルナ18歳以上、5ヵ月間隔、2回接種
済みの人を対象、BA.5にも一定の効果）

9月13日（火）

　・河野デジタル相「COCOA機能停止」明言（契約額13億円）
　（2020年6月運用開始し、4,055万件ダウンロード）

　・米ファイザーは「BA.5対応ワクチン」を厚労省に申請
　（BA.5とBA.4由来成分を組み合わせた2価ワクチン）
　　モデルナも同ワクチンを申請予定

9月14日（水）

大阪府は「大阪モデル」赤信号（7月27日から1ヵ月半）から黄信
号に引き下げ、「医療非常事態宣言」も解除、更に高齢者施設での面
会自粛要請を15日から解除

オミクロン株対応ワクチン接種が20日から始まる
ところが13日ファイザー「BA.5対応ワクチン」申請
いずれも「従来株とBA.1」「BA.5とBA.4」の2価ワクチン
「にかっ」と喜んでもいられない
ワクチンが入り乱れるのか？
今は「BA.5」が主流で感染者数は減少傾向になっている
専門家は「打てる時に打ったほうがいい」と言うが
感染対策は今のところワクチンしか手段が無い
ワクチンが無ければ無いで困るが有れば有るで悩む
水際対策は制限解除方向でかつ円安が吹きまくり
海外からの観光客流入が予想される
とすれば年末に新しい変異株流入のリスクも大いにある
更に免疫期間が5ヵ月とすれば年2回の接種が必要となる
「ウィズワクチン」時代となってしまうのか？

9月15日（木）
　東京都は感染状況と医療提供体制の警戒レベルを最高レベルからそれ
　ぞれ1段階引き下げる

9月16日（金）
　・メルク社経口薬「モルヌピラビル」が一般流通開始
　・「HER-SYS」の改修を終えたと発表（人数のみ報告可能）
　・厚労省は新型コロナによる今年3月卒業内定取り消し学生は29人
　　（昨年比−95人）と公表

9月20日（火）
　・住民税非課税世帯5万円給付の事務費用（コールセンター設置や振
　　込手数料など）は約510億円
　・旅館業法改正案全容判明（10月臨時国会提出）
　　感染症流行時マスク着用しない客の宿泊拒否が可能

9月22日（木）
　岸田首相は「水際対策緩和、全国旅行割、イベント割」表明
　一日当たりの入国者数上限撤廃、ツアー以外の個人旅行受入解除ほか
　短期滞在ビザ免除や割引事業を10月11日から開始

まやかし言葉

　今に始まった話ではないが「まやかし言葉」が氾濫
　「丁寧に説明する」は今までの見解を繰り返すだけ
　「検討に検討を重ねる」時間ばかり経過し結論が出ない
　「真摯に向き合っていく」は現状維持のまま
　「あらゆる選択肢を排除しない」は多手段の見せかけ？
　挙げたらきりがない「注視していく」「緊張感を持って対応」
　「慎重に検討」「総合的に判断」「専門家意見を伺いながら」
　「聞く力」と言いつつ聞きっぱなしで
　波風を立てずに何も決断しない
　拙速な国葬決断は反発を浴び「しまったぁの始末」に悩む
　「検討します」は見当違い！
　せめて「期限を付けろ」と言いたくもなる

9月26日（月）
〈水際対策（10月11日～）〉
　・政府は入国検査の原則撤廃を発表
　　すべての入国者に3回目接種証明か出国前72時間以内の陰性証明
　　提出が必要（無い人は原則入国不可）
〈全数把握（9月26日～）〉
　・11都県（岩手、埼玉、東京、滋賀、奈良、和歌山、鳥取、島根、
　　徳島、佐賀、大分）が独自の健康観察を継続
　・36道府県は体調急変時健康フォローアップセンターへ連絡
　・低リスク患者への食糧やパルスオキシメーター配送はほとんどの都
　　道府県が対象者や対象品目限定し継続
　・市町村別公表は対応が分かれる（東京、神奈川、長野取りやめ）

〈全国旅行支援（10月11日〜12月下旬）〉
- ・旅行代金4割引〜パック旅行8,000円、宿泊5,000円上限、クーポン
  平日3,000円・休日1,000円
- ・県民割（上限5,000円、クーポン2,000円）は10日まで延長
- ・イベント割（2割補助、上限2,000円）は来年1月末まで

9月28日（水）
- ・「大阪いらっしゃいキャンペーン」は10月10日まで延長
- ・東京都は「全国旅行支援」10月11日開始困難表明
  （準備に1ヵ月程度必要、30日に10月20日から開始と発表）
- ・東京都医療提供体制の警戒レベルを1段階引き下げ、上から3番目
  （通常医療との両立可能）へ
- ・「BA.5対応ワクチン」が10月にも国内使用が始まる見通し
  （10月5日専門部会承認検討と発表）順次BA.1対応切り替え

じれったい実態 　　　　　　　　　　　　ショート99

なんだかんだと物議を醸し出した国葬儀（※）が昨日終了
2万5,889人の一般献花や国葬反対のデモまでも
3K問題「閣議決定、開催費用、教会関与」が尾を引くだろう
現状は経済活動拡大政策のみでコロナ対策は全体像が見えない
基本的対処方針は昨年のまま手付かず状態
オミクロン特性を踏まえたものになっていない
更に感染症法上や特措法上の位置付けは実態と乖離
医療提供体制整備も対応しきれていない
旧統一教会問題は継続し物価高対策は不十分
景気は後退し課題を残したまま時ばかり過ぎていく
内閣支持率が低下するのは言わずもがな
10月3日からの臨時国会は荒れ模様となるか？

※217の国や地域（116は代表来日、101駐在大使）734人含め国内外4,138
　人が参列、約2万人の警備体制

9月30日（金）
第7波振り返り

３年ぶりに「行動制限」が無くなったが

感染者数は６月中旬以降じわりじわり増加

７月に入り「BA.5」が凌駕する第７波突入

15日に５ヵ月ぶり全国感染者数が10万人超え

23日20万人　28日23万人　８月３日24万人超え

８月19日には全国26万人超えの最多更新

累計感染者７月14日１千万　９月９日には２千万人超え

感染・濃厚接触者急増で人手不足に拍車をかけ混乱を招く

発熱外来や病院を圧迫・ひっ迫させる

感染すれば自宅待機が当たり前の世界

８月24日には感染自宅待機者が過去最多157万6,774人

緊急事態宣言やまん延防止措置はその意義を失い

政府は防止ようもなく事態を見守るだけ

一方病院や保健所は感染者届出に追われ時間を圧迫

「全数把握」見直し問題が提起される事態へ

「BA.5」の特徴は軽症者が多くなるが

他の病気を誘引し死亡者は過去最大級となる（※）

９月７日「療養期間短縮」の緩和策実施

９月20日「オミクロン株対応ワクチン」接種が開始

９月26日時既に遅いが「全国一律全数把握見直し」適用

今後の大幅な水際対策緩和が第８波の発破導線となるか？

※８月19日直近７日間平均死者数過去最多250人超え
　８月31日一日最多334人、９月２日347人（秋田非公表含む）

【10月1～31日】

　1日までの1週間平均感染者数は東京5,134人（81.2%）大阪3,142人（74.9%）、全国4万2,397人（77.3%）。第7波の緩やかな減少傾向が続く。10月の課題は①感染者数はどこまで下がるか、②流行が懸念されるインフルエンザ対策、③11日からの大幅な水際対策緩和や全国旅行支援の影響、などが挙げられる。10月から最大規模となる飲食料品6,699品目（先月2.8倍、今年累計2万665品目）が値上げされ、家電や住宅設備、電気・ガス料金にも拡大する。更に低迷する内閣支持率のなか、旧統一教会問題、物価高経済対策など3日からの臨時国会で波乱の論戦が予想される。

　6日岸田首相は国会で「マスク着用ルール化検討」を示す。

　7日東京都「もっとTokyo」を全国旅行支援と併用し、10月末を12月20日まで延長（最大1万6,000円補助）。都は20日開始の全国旅行支援を「ただいま東京プラス」の愛称に変更すると発表。

　8日までの1週間平均感染者数は東京3,168人（61.7%）大阪2,247人（71.5%）、全国3万755人（72.5%）。

　11日大阪府は「大阪モデル」黄色から緑へ。全国旅行支援（12月下旬か予算約5,600億円が無くなり次第終了）が開始され、更に水際対策大幅緩和により外国人観光客の増加が見込まれ、観光地や宿泊業界では人手不足が懸念されている。また、イベント割も開始（20%、上限2,000円、来年1月まで、12日ディズニーリゾートも）。

　12日厚労省はコロナ・インフルの同時検査キットを増産要請（今冬3,500～4,000万回分確保予定）。また、自治体向け説明会で1～2回目接種は年内に終了するよう呼びかける（従来型ワクチン供給年内終了）。大阪府では「Go To イート」を販売再開する。

　13日コロナとインフルエンザ同時流行に備え、発熱外来がひっ迫しないよう、小学生以下や65歳以上、基礎疾患のある人、妊婦に限定して受診するよう対策を発表。中学生～64歳の重症化リスクの低い人は自己検査で陰性の場合、電話やオンライン診療でインフルエンザの診断を受けるよう呼びかけする。専門家からは実効性を疑問視する声も。発熱患者が重症化リスクを判断し受診行動を変えられるか、

オンライン診療だけできちんと診断できるのか課題は山積。米ファイザーの日本法人は「BA.5」に対応した5～11歳向けワクチンの製造販売承認申請を厚労省に行った。東京都は感染状況が「改善傾向」にあるとして、警戒レベルを1段階引き下げ上から3番目とする（医療提供体制は上から3番目継続）。65歳以上の都民を対象に14日から大規模接種会場でコロナとインフル両方のワクチンを同時接種できるようにすると発表。

14日東京都は「Go To イート」を2年ぶり26日再開発表（来年1月25日まで）。コロナ治療薬「アビガン」は臨床試験で有効性確認ができず開発終了と承認申請取り下げる。松野官房長官は会見で「国葬」費用は12.4億円の見通しと明らかにする。

15日までの1週間平均感染者数は東京2,997人（94.6％）大阪2,186人（97.3％）、全国3万301人（98.5％）。

17日厚労省の専門家分科会はワクチン接種後死亡の72歳男性に死亡一時金の請求を認める（一時金支給計4人）。オミクロン株対応ワクチン4回目職域接種（モデルナBA.1対応）が一部開始。

19日五輪汚職で高橋容疑者4度目逮捕（ADK、サン・アロー）。

20日ワクチン接種期間を3ヵ月以上へ短縮（10月19日記載）。厚労省助言機関は全国の新規感染者数が増加に転じていることより「第8波が起こる可能性が非常に高い」との見解。

22日までの1週間平均感染者数は東京3,182人（106.2％）大阪2,375人（108.6％）、全国3万3,254人（109.7％）、上昇に転じる。

24日山際大志郎経済再生担当相に旧統一教会との関係が相次いで浮上し辞任（新型コロナウイルスの担当閣僚でもある）。

25日生後6ヵ月～4歳対象のワクチン接種が開始（10分の1、3回必要）。神戸大学研究グループはすべての新型コロナ変異株に有効な反応を示す「ユニバーサル中和抗体」を開発したと発表。

27日オミクロン株の新たな変異ウイルスXBB系統が都内で6件初確認（以降28日神奈川でBQ.1、鹿児島でXBB、31日神奈川と千葉でXBB、新潟でBA.2.3.20 バジリスクが初確認）。

29日までの1週間平均感染者数は東京3,596人（113.0％）大阪2,425人（102.1％）、全国3万8,918人（117.0％）。先週に続き増加。

10月1日（土）

百回記念　　　　　　　　　　　　　　ショート100

NHKラジオドラマ『君の名は』（1952年、菊田一夫原作）
「忘却とは忘れ去ることなり。
　忘れ得ずして忘却を誓う心の悲しさよ」
忘れようとしても忘れられないこともあるが
3日前の食事すら思い出せない時もある
忘れることができればある意味いいことだが
どうでもいいことや嫌なことはいつまでも覚えていたりする
大切な人生の時を奪ったコロナ
大切な人をコロナで失った人もいる
「第7波までコロナ（歴史）は繰り返される」
過去に固執していては前に進めない
忘れずにコロナ記録をとどめておくのと同時に
これからも新しいメッセージを創り続けていきたい

10月5日（水）
厚労省は米ファイザー「BA.5対応ワクチン」特例承認
　（12歳以上、3回目以降の追加接種、10月13日開始予定）
生後6ヵ月〜4歳対象ワクチンも特例承認
　（10分の1の量、3〜8週間の間隔を空け3回接種が必要）
　24日から開始で努力義務
モデルナ（18歳以上）同日承認申請（供給開始予定11〜12月）
7日上記承認ワクチンは無料で受けられる「臨時接種」了承

10月7日（金）
〈感染症法などの改正案を閣議決定〉
　・公立・公的病院、特定機能病院など感染症医療提供義務付け
　・都道府県と医療機関は感染症患者受入などに関する協定締結
　・協定違反時、都道府県は勧告・指示・機関名公表
　（2024年4月施行に向け今国会での成立を目指す）

・旅館業法改正案も閣議決定
　ホテルや旅館が宿泊客にマスク着用など感染防止対策要請
　検温など健康状態の確認に応じない客は宿泊拒否できる

聞き間違い？　　　　　　　　　ショート101

「聞く力」は聞き流すだけで問題は一向に解決しない
厳しい意見にも対応できず一部の意見だけのヒアリング？
「聞いているだけ　見ているだけ」ではその場に停滞したまま
物価高や円安　更には旧統一教会問題など行き詰まる
「真摯に　謙虚に　丁寧に　向き合う」先送りの最たるもの
国会では逃げの丁寧な同じ答弁の繰り返し「語る力」も失速？
悩んでいても行動しなければ「時既に遅い」
今の政府は具体策も立てられず成果も出せない
「聞く力」を「効く力」に変えないとどうにもならない

10月11日（火）

やっぱ来るのか第8波　　　　　　ショート102

「桃栗三年柿八年」だが「自粛三年第八波」となるのか？
第3波と第6波は12〜1月に流行している
コロナは針葉樹ではなく常緑樹に似ている
年がら年中色を替え品を替え生き残る
葉っぱ（8波）が今年の年末に色濃くぶり返すか？
今日から入国者上限撤廃と全国旅行支援が開始
岸田首相は「期待感」高齢者は「不安感？」
まるで第8波の下準備とも受け取れるが……
一気に開放するとリスクも広がるが……
感染対策は空砲の弾切れ状態で防御策はワクチンのみ
「起きるな第8波」と願うが
起こったら起こったで　怒っても仕方ない
今後は「ありふれた感染症」となってしまうのか？

10月12日（水）

支援　Come back ！ ショート103

水際対策大幅緩和と円安効果により
訪日外国人旅行者（※）は中国を除き増加が見込まれる
全国旅行支援も始まり観光業界の期待は高まる
サイトアクセス集中や予約終了などスタートで混乱する
果たして本支援は平等で公平なのか？
物価高　ガソリン・光熱費高騰で生活苦に喘ぐ人
コロナで職を失った人　後遺症に苦しんでいる人
病院関係者を含め旅行どころではない人
感染状況は減少しているがまだまだ油断はできない
もろ手を挙げて賛成する気にはなれない心境
「支援（シェーン）Come back ！」したが……
緩和策ばかりに目が行き過ぎて「これじゃ　いかんわ！」

※2019年3,188万人、2020年411万人、2021年24万人

10月15日（土）

何かがおかしい ショート104

感染状況が減少傾向にあるとはいえ
毎日コロナで何十人もの人が亡くなっている現実
どう受け止めたらよいのだろうか？
水際緩和と円安で外国人旅行者は増加し観光地は賑わう
全国旅行支援で人々は旅行や食事に沸き立つ
増（ま）してや物価高や円安（※）に悩まされる
政府は今後の経済対策を小出しに発表するが
実施されても来年の話で「放置状態」に何ら変わりない
まさに「今でしょう」の言葉が虚しく響く

※14日32年ぶり1ドル148円台後半下落（20日一時150円大台突入）

最近の４つの話題（番外）

頭の回転がショートする４つの話題を取り上げてみた

〈マイナンバーカード問題（10月13日正式発表）〉
2024年度秋には健康保険証が廃止され
マイナンバーカード（※）との一体化が義務化される
カード普及ありきの本末転倒の話？
早速医療現場からは窓口での負担増など反対の声
専用カードリーダー設置　その上維持管理費もかかる
医療機関にとってはデメリットが多くなる
対応できる病院は３割程度の現状
国民の利便性は？　持ち歩いての紛失や盗難も
個人情報漏洩や不正使用のセキュリティリスクもある
ポイントで釣っても動かない人が多く現状49％の普及率
高齢者にとっても申請手続きの高い壁
メジャーにならず「まあいいかな」程度の「マイナー」か？

※運転免許証との一体化も24年度末から前倒し検討

〈年金問題（10月15日検討発表）〉
いよいよ65歳まで働かなければいけない時代到来か？
国民年金納付が65歳まで45年間の５年延長が検討されている
2025年通常国会での改正法案提出を目指すとのこと
少子高齢化に伴う現役世代が団塊世代の年金を支える
年々保険料は増額され続け受給額は減額
今後の財源低下はいなめない状況となっている
自営業者や60歳以降働かない人は５年で約100万円の負担増
次の世代は更なる負担増と将来の受給減が免れないか？
ＳＮＳでは「ブーイング」が集まる
人生設計が狂い若い世代に老後不安・心配の霧が覆う

〈出産準備金問題（10月15日検討発表）〉
2021年の出生数は過去最少の約81万人
0〜2歳児一人当たり10万円クーポン支給検討（※）
生み控え解消が狙いとのことだが小手先支援となるか？
クーポンごときで子どもがポンポン生まれるわけではない
母子手帳交付の妊娠期から3歳になるまで使用可能
お金がかかるのはそれ以降　習い事に塾通い　更に進学
一時しのぎの対策となるのは目に見えている

※追記：19日自治体判断により現金給付可能方針（来春配布予定）

〈物価高・円安問題〉
原材料・物流・エネルギー価格上昇に伴う飲食料品値上げの波
海外買い付け競争での「買い負け」
物価上昇加速に有効な対策が講じられない
物価は急騰　実質賃金は目減り　おまけに年金減
政府は機能停止で政権末期状態
無策と愚策を繰り出す腑抜け状態
円安への為替介入も一時的で元の木阿弥（※）
円安はインバウンド増加で経済効果をもたらすが
外国人労働者の日本離れにつながる恐れもある
首相の「円安メリット生かす1万社支援」方針表明
円安で苦しむ企業救済ではなく的外れ円安是認の異常判断？
「コロナ転んだまま状態」と似ている
感染者増加でも見守るだけで対策打てず医療ひっ迫

※9月22日2.8兆円ドル売り円買いの為替介入

10月19日（水）
厚労省専門部会はオミクロン型対応ワクチン接種期間を5ヵ月から
3ヵ月以上に短縮了承（5〜11歳は従来通り5ヵ月）
（20日専門家分科会を経て正式決定、21日から適用）

10月22日（土）

ヤダモン状態？

第8波の可能性が高いとの見解も示されているが
「どんと来い」ではなく「Don't 来い」
「完全防止」ではないが「感染防止」のマスクをするが
感染者増加は「防止（どうし）ようもない」
人々は他人事のように感染者数を見て見ぬ振り？
色褪せた「ドライフラワー」のようにドライになったのか？
高齢者は未だに不安を抱え「かくれんぼ？」
先のことを考えても「どうにもならない」
かといって旅行や遊びに行く気分でもない
ワクチン接種期間が3ヵ月に短縮され5回目を打つかも悩む
「もやもや」の「もう嫌だ」の「もやがかかった状態か？」

10月23日（日）

新変異株登場

なに〜「ＢＢＱ（バーベキュー）」？
野外やキャンプなどにバーベキューは付き物だが
「ＢＱ（B級）グルメ」の話と違うのか？
コロナに「BQ.1（タイフォン）、BQ.1.1（ケルベロス）」が登場
米欧で最近拡散中のオミクロン株BA.5進化の新派生型
あっけにとられる亜系統変異株なのだ
水際緩和で日本へ新株が入り放題
シンガポールやインドで流行の「XBB（グリフォン）」もある
政府は今までと同様「日和見主義」を貫き通すのか？
コロナ禍で迎える3度目の冬
「BA.5」に換わり第8波の引き金となってしまうのか？

追い打ち追い風高齢者　　　　ショート108

「高齢者は重症化リスクが高い」
この一言が心に重くのしかかる
釘が刺さったままで抜けない状態が持続する
コロナが根を下ろしメンタルダメージを与え続けている
高齢者は閉じこもりがちになり無力感を引き起こす
ワクチンを打っても不安感は拭いきれない
ましてやスマホ不慣れで旅行支援やGo To イートは蚊帳の外
その上物価高の追い風が吹き荒れる
経済対策は今必要なのにコロナ対策同様先送り
「やっている感」ばかりの小手先対策議論が続く
暮らしはますます厳しくなり時間は失われていく
東京都感染者数が2桁程度にならないと動き出せない
「高齢者警戒アラート」がいつまでも心の奥で鳴り響く

ブレーキ＆ブレーク　　　　ショート109

10月13日ふじあざみラインで観光バスが横転し死傷者事故発生
ブレーキ踏みすぎのフェード現象発生の可能性が高いとされる
コロナ禍でも「ブレーキ現象」が発生する
ディズニーシーは物流遅延で工期が遅れ新エリア開業延期
資材・人件費高騰　円安進行で投資額3,200億円に（＋700億）
大阪・関西万博もパビリオン建設費40億円余り増で補正予算
トヨタ自動車は半導体不足で納車時スマートキー1本のみ
子どもたちにもひずみを生み出している
休校　黙食　行事無しのコロナ禍が不登校やいじめ増加へ
今年はインフルエンザがブレークする予測もある
コロナはワクチン打ってもブレークスルー感染を免れないが
コロナは社会経済活動に様々なブレーキをかける

10月28日（金）
　総合経済対策内容（今国会成立方針、29兆円大半赤字国債）
　・エネルギー高騰支援：来年1〜9月標準世帯総額4万5,000円の負
　　担軽減
　・少子化対策：新生児1人当たり10万円分クーポンなどを支給
　・賃上げ：賃金を増やした企業への税制支援
　・人への投資：非正規から正規雇用に転換する企業や社会人学び直し
　　に5年間で1兆円規模の支援
　・中小企業支援：円安を活かして海外へ販路開拓に取り組む1万社を
　　支援
　・デジタル化支援：半導体の国内生産拠点の整備を支援

10月30日（日）

ハロウィン前夜　　　　　　　　　　　　　　　ショート110

コロナの網から逃れるには人が集まる場所からの回避だが
ハロウィンでは仮装した人や見物客が渋谷に大勢集まる
韓国ソウル梨泰院で29日雑踏事故により150人以上の死者
悪夢の夜のハロウィン悲劇（群衆雪崩）が起きてしまった
当初は子どもたちの「Trick or treat」（※）だったが
いつの間にか大人の仮装・コスプレイベントに様変わり
楽しみが感染リスクに勝るということか？
コロナからの解放はまだ早いのに解放感に浸りたいのか？
高齢者はいまだに辛抱しているのに
8×8（8波）64（無視）の人たちが頭を揃え（8と6）
86（病む）人をまた増やしてしまうのか？

※「お菓子をくれないと悪戯するよ」の意味

【11月1～30日】

　11月からも相次いで乳製品など800品目超の飲食料品値上げ。餃子の王将、リンガーハット、ミスタードーナツなど外食チェーンも相次いで看板商品を値上げ。円安の流れは円買い介入を繰り返しても止まりそうにない（9月2.8兆円、10月6.3兆円の計9.1兆円）。

　11月に入りコロナとインフルエンザの同時流行が起こるのか？政府はピーク時新型コロナが一日45万人、インフルが30万人と想定。オミクロン株対応ワクチン接種が9月20日に開始され、先月30日で41日が過ぎたが、接種率は全人口の4.7％と低調。

　11月1日のメッセージは偶然に111編目で月日に重なる。感染者数は連続し前週同曜日を上回る状況が続いているので、メッセージもどこまで連続できるか挑戦してみることにする。

　1日厚労省はモデルナ製「BA.5対応ワクチン」を特例承認（28日接種開始）。和歌山「BA.2.3.20（バジリスク）」2人、栃木「BA.4.6、BF.7、BQ.1.1」4人の感染者が初確認される。

　2日神奈川で「BQ.1.1」1人、兵庫で「XBB」2人感染者初確認。

　4日岸田首相は「医療提供体制を充実させ今後も行動制限は求めない」と明言する。厚労省はインフルエンザ発生状況を公表。10月24～30日の1週間は25都道府県で153人（前週＋47人、2019年同期の約4％）。

　5日オミクロン株新系統は都内で4日までに「XBB」が計17件、「BQ.1系統」が計92件確認される。ＷＨＯは2日「注意深く監視する必要がある」との見解を発表。日本小児科学会の調査では「子どもの感染は家族からが減少し、学校や保育所などでの感染が増える」。東京商工リサーチの調査では介護事業者の倒産が今年1～9月全国で100件（昨年同期51件）と過去最多のペースで急増。倒産要因はコロナでの利用控えや物価高・光熱費高騰など。

　5日までの1週間平均感染者数は東京5,190人（144.3％）大阪2,995人（123.5％）、全国5万3,636人（137.8％）。

　7日財務省は「ワクチン全額国費（昨年度2兆3,000億円）の廃止を検討すべき」との見解を示す（接種単価約9,600円）。厚労省専門家

分科会は接種後死亡６人に死亡一時金請求を認める（計10人）。会計
検査院は2021年度決算検査報告書の公表を行い、コロナ事業で税金
の無駄遣いや不適切経理約102億円を指摘、国庫返納を求める。病床
確保する厚労省の交付金事業では９都道府県32病院が約55億円を過
大に受給していた。

　８日大阪府は「大阪モデル」で警戒を示す「黄信号」を約１ヵ月ぶ
りに点灯。病床使用率は３日連続20％を上回り、第８波に備える必
要と判断。この日北海道では約２ヵ月半ぶりに感染者9,136人の過去
最多を更新する。東京都医師会尾崎会長は「第８波の入り口に差し掛
かっている」との危機感を示す。ノババックス製ワクチンは４回目接
種が使用可能となり、アレルギーなど接種できない人へ選択肢が広が
る。夜は皆既月食と天王星食の442年ぶり天体ショー。

　９日九州大学大学院研究グループはどんな変異株にも効果を見込め
る新たな経口薬候補「YH-6」を開発（既に特許取得）。北海道は連日
最多の9,546人となる。厚労省専門家会合では「２週間後に前回ピー
クを超える可能性」も。

　10日政府分科会尾身会長は「新しい波に入りつつある」と言及。
東京都は「感染拡大の兆候にある」との危機感を示す。東京23区へ
の独自調査では100万回分ワクチン廃棄（約27億円）が判明。その理
由は３回目接種率（66.4％）が低いことや自治体に届いたワクチン有
効期限が短いことなど。政府は廃棄数調査を考えていない。佐賀県で
国内８都県目となる「XBB」が初確認された。

　11日岡山県でも「XBB」が初確認。河野デジタル相は「COCOA
を17日以降順次停止」発表。ＷＨＯ集計では日本の10月31日〜11
月６日感染者数（40万1,693人）が９月下旬以来、再び世界最多とな
る。政府は新型コロナウイルス感染の第８波に備えた新たな仕組み
（11月11日記載）を決定（18日政府対策本部で正式決定し、同日運用
開始）。葉梨康弘法務相が死刑をめぐる発言で辞任（更迭）する。

　12日までの１週間平均感染者数は東京7,331人（141.3％）大阪
3,534人（118.0％）、全国７万1,427人（133.2％）。北海道は５日連続
トップの感染者数となる。徳島県で「BQ.1.1」が初確認。

　14日ＦＮＮ世論調査（11月11・12日）では内閣支持率が36.8％と

続落し、政権発足以来初の30％台となる（不支持は57.2％）。広島県では「BQ.1、XBB」が初確認される。

15日「COCOA（接触確認アプリ）」は17日から順次通信機能削除の最新版アプリ配信を開始する。アンインストールだと一部機能が完全停止しないため削除手続きが必要となる。10月の外国人入国者数は約45万4,500人で昨年同月40倍以上（2019年同月約223万4,500人の2割程度）になる。東京都の感染者は9月14日以来2ヵ月ぶり1万人超えの1万1,196人、北海道も初1万人超えの1万906人、厚労省発表では全国10万2,829人と一気に増加する。国は2年8ヵ月にわたって停止していた国際クルーズ船の受け入れを再開へ。最初のクルーズ船は来年1月末の見込み。名古屋工業大学研究グループのAI試算では都内第8波のピークは来年1月14日頃感染者が一日3万1,000人の予測。埼玉県と長崎県で「BQ.1.1」、福島県で「BQ.1」が初確認される。この日世界の人口が80億人を突破する。

16日東京は12日連続前週同曜日を上回り、北海道は過去最多を更新。東京と北海道は2日連続1万人超、全国も2日連続10万人超となる。日本医師会常任理事からは「第8波に入った」との認識が示される。山梨県で「XBB系統」3人、「XBC系統」1人が初確認。

17日東京都は「第8波の入り口にさしかかっている」とし、感染状況の警戒レベルを1段階引き上げ、上から2番目とした。（医療提供体制は上から3番目を維持）。全国知事会は「第8波が襲来している認識」を示す。

18日厚労省は第8波となる可能性があり、一部地域でインフルエンザ感染者が増加傾向の同時流行の兆しが見えることで先手対策により3段階判断基準（11月18日記載）の青から2番目に深刻な黄へと引き上げた。沖縄県では6種類の変異株が検出され「BQ.1」2人、「XBB、BF.13、BL.1」各1人の4種類が初確認される。

19日北海道は新規陽性者と病床使用率が50％近くと過去最多水準となり、救急搬送困難事案は先週1週間で238件の過去最多を記録。この日までの1週間平均感染者数は東京8,537人（116.5％）大阪3,862人（109.3％）、全国8万3,494人（116.9％）。三重県では「BQ.1、XBB、XBC」の3系統が初確認。XBC系統は鹿児島、山梨に続いて3例目

となる。以降各地で新系統が確認されることが予想されるので省略する。

20日「政治資金」問題で寺田稔総務相が3人目の辞任（更迭）。「ＦＩＦＡワールドカップ　カタール2022」開幕（〜12月18日）。

21日「HER-SYS」の接種歴入力時5回目以降入力不可が判明（11月22日ショートメッセージ131記載）。今年に入り感染死者数が3万人を超える（昨年最多1万4,909人の倍増）。

22日東京オリパラのテスト大会をめぐる入札談合疑惑（2018年計26件の競争入札）。ＡＤＫが「談合」を自主申告していた。

23日厚労省は塩野義製薬が開発した国産初コロナ飲み薬「ゾコーバ」を緊急承認（1年期限付き、7月以来の継続審議で5月新設の緊急承認制度の初適用、28日供給開始）。12歳以上の軽症・中等症患者が対象、妊婦は使用不可、高血圧治療薬など併用できない薬が36種類。W杯カタール大会強豪ドイツに2対1の逆転勝利。堂安が同点、浅野が勝ち越しゴール「ドーハの悲劇から歓喜」へ。

24日塩野義製薬は国産初のワクチン「コブゴーズ」（遺伝子組換えタンパクワクチン）を厚労省に承認申請。

25日「全国旅行支援」は年明け以降割引率を下げて（20％）実施発表（上限5,000円、クーポン平日2,000円・休日1,000円）。

26日までの1週間平均感染者数は東京1万21人（117.4％）大阪4,683人（121.3％）、全国9万6,789人（115.9％）、23日13万人を超える。厚労省は感染症法上の位置付け見直しを本格検討実施へ。医療費公費負担やワクチン無料接種などの特例措置の見直しも。

27日W杯コスタリカに0対1敗戦、スペイン戦にすべてがかかる。

28日厚労省はコロナ・インフル同時検査キットを薬局やネットでの販売解禁を決定（翌日説明を義務化発表）。メーカーは医療機関へ供給を優先し、市場流通は限定的の見込み。また、クラスターを防ぐ狙いにより高齢者施設による購入と使用を解禁する方向で調整に入る。インフルエンザは20日までの1週間全国546人（前週＋139人）で、京都、大阪、東京など徐々に増加している。

29日文部科学省は学校給食時「適切な対策で会話可能」通知。

30日オミクロン株対応ワクチン接種は28日現在全人口の17.9％に。

11月1日（火）

漢数字？

11月1日が偶然にもメッセージの111編に重なった
数字と漢字の語呂合わせを考えた
一．コロナは「1（一）巻」の終わりにならない
二．コロナの恐さを「2（痛）感」する
三．コロナが続く限りメッセージは「3（未）完」
四．年末に第8波の「4（予）感」
五．コロナで「看5（護）」は大変となる
六．秋が深まり10月8日から「寒6（露）」となる
七．基礎「7（疾）患」のある人は重症化しやすい
八．「8（夜）間」繁華街の人通りは増えている
九．「9（急）患」の救急車搬送は増える一方か？
十．人に会えず年賀状の「10（投）函」は増加する
いい「感じ」？ それともいい「漢数字」かわからないが？

11月2日（水）

畳語

ジョウロで水を注ぎ続けるが如く畳語で畳み掛けてみた
「寒々」となり外出は「嫌々」だが「苛々」が募る
「段々」寒くなり肌着を「温々（ぬくぬく）」に替える
物価高は「予々（かねがね）」わかっていたが「金が無ぇ」
円安は「延々」と続き「えーんえん」と泣く人も
感染者は「徐々」に減ると思いきや「益々」増える
ワクチン接種間隔は3ヵ月となり「度々」年4回へ？
これまで感染は「隅々」まで広がり「再々」波を繰り返す
医療危機が何回も訪れ「危機回々？（奇々怪々）」となる
新変異種が「様々」初確認され第8波は「恐々」とする
「頻々」と「長々」とウィズコロナは続いていく

11月3日（木）

巣ごもり継続中　　　　　　　　　　　　ショート113

朝Ｊアラート発出で日本上空を北朝鮮弾道ミサイル通過報道
その後ジョークではなく上空を通過していないと正式発表
飛んでもない情報錯綜となった
世間は全国旅行支援やイートで沸き立っている
増（ま）してやオミクロン株派生型の初確認が相次いでいる
感染者数はじわりじわりと増加に転じている
ワクチン接種４回だが「もう113（いいさ）」とはならないか？
音楽ライブも開催されているが行く気にもならない
家内は毎週卓球の練習や試合で外出が多くなり
家では球（たま）に卓球する程度で頻度は少なくなっている
情報収集スマホとテレビとパソコンがあればストレスは無い
家から出ずメッセージ続編創作に費やす日々を送る

11月4日（金）

いい世にならない　　　　　　　　　　　ショート114

「もういい回（かい）？」
「もう114（いいよ）」ではなくコロナ同様「まあだだよ」
男の子の７歳と４歳の孫は「かくれんぼ」が大好き
女の子の５歳の孫とは小さなプラ人形でかくれんぼ遊びも
毎週末遊びに来るがほとんどの時間ゲームに熱中
ゲーム操作は慣れていて自由に操る
自分の幼少期には何もなく隔世の感がするが……
最近ではコロナの話題が少なくなり
月日との語呂合わせに走ってみたが
明けても暮れても　寝ても覚めても114（いい世）にならない
コロナは続くウィズコロナ時代
今日書くことは今日を生きることにつながる

11月5日（土）

待策＋痛手対策？ （番外）　　　ショート115

観光地は人で溢れ観光業界は明るい兆しだが
値上げの波が一方通行で継続的に押し寄せる
電気・ガス代対策は現状改善でなく来年値上げ分の補填
今までの上昇分はそのままで来年１～９月の後は？
付け焼刃　その場しのぎ　バラマキ対策か？
原材料・燃料価格高騰や円安の根本的解決にあらず
食のショックも拡大　秋サケ不漁で購入をサケる人も
秋刀魚はまだ２回きり　これじゃサンマ（様）にならない
乳製品もＮｅｗ価格　子どもを持つ家庭の家計に響く
その上お菓子食っても　おかしくって笑えない
年金は２年連続引き下げられ国保料も引き上げが続く
年金納付５年延長　消費増税　走行距離課税など検討中
続々と繰り出される「負担増地獄」に国民から悲鳴が上がる
当面の対策は待策で家計直撃の痛手対策が増えるか？

11月6日（日）

いい夢　　　　　　　　　　　ショート116

月日との連動メッセージの今回は「116（いい夢）」
「ぎふ信長まつり」に46万人　キムタク信長に夢心地か
このところ夢を見ることが多いがどうして夢を見るのだろう
眠っているあいだ体は休んでいるが脳が働いているからだ
わからないことだらけだが　犬や猫　牛や馬も見るらしい
カラーではなくモノクロ？　いい夢とも限らない
悪夢　正夢　予知夢など様々　夢を思い出せない時もある
覚えていても断片的で奇妙で不合理なこともある
「夢は見るもの」だけでなく「夢を持つ」ことが大事
大きな夢でなく小さな夢を積み重ねていけばやがて……
「コロナが夢であったらいいのになぁ」とも思うが……

11月7日（月）

いいな ショート117

YouTubeは「いいね」だが今回も月日連動「いいな編」
日本昔ばなしエンディングテーマは「にんげんっていいな」
哲学者パスカルの言葉は「人間は考える葦である」
コロナにも感染してしまう弱い人間だが
考えることができるのは人間に与えられた偉大な力
コロナ禍の日々　単調な日々が続くが　考える時間もある
毎日一つでもいいので「いいな」を探してみよう
いやなことをどうしたら「いいな」に変調できるか
つまらないことをどうしたら楽しくできるか考えよう
心の持ち方・考え方次第で変化するものだ

11月8日（火）

いいや ショート118

「いいや」は相手の言ったことを打ち消す時に使うが
「まあ　いいや」となると２つの意味を持ってくる
ポジティブな「考えても仕方ない　どうにかなる」
ネガティブな「どうでもいい　しようがない」
コロナに対しても２つの感情が生まれる
圧倒的に「まあ　いいや」では済まされないが
マスクさえすれば「もう　いいや」と考える人もいる
そうした人が感染を広げる
これといった「いい矢」は放てないが
子どもたちにとってコロナは「いやいやのいいや」だが
誕生日やクリスマスは「いい夜（118）」になる
今夜は皆既月食が見られ偶然にも「いい夜」に重なった
言いぱ（118）なしは良くないが
いい話（118なし）は「良い／好い／善い」の３拍子
いい加減「いいや」は「もう　いいや」か？

11月9日（水）

いいく   ショート119

119番通報は「火事ですか？　救急ですか？」
コロナ禍では救急車を呼んでも搬送されないことも多い
コロナを治す「119すり（いい薬）」も出てこない
川柳で「いい句」ができたときは自己満足
「1（い）い線　1（い）かず　9（窮）する」が
子どもが言うことを聞かない場合
「119（いいく）るめる」時があるが
逆にいいこめられる時もある
次回120編の月日は4桁になり連動は土台無理
「1110（いいと）も」とは言えなくなるか？

11月10日（木）

四面楚歌   ショート120

空は秋晴れ　懐は寒い冬？
「感染拡大　物価高　資源高　円安」の四面楚歌
4本の鎖でがんじがらめ　政府は身動きが取れない
その上内閣支持率は続落し正念場
発破をかけるわけではないが
やっぱ（8波）来るのか第8波？
冬のギフトが第8波じゃいたたまれない
歌のテイクは何度も取れるがコロナはそうもいかない
映画撮影のようにコロナは途中カットもできない
再び医療ひっ迫シーンが訪れるのか？
我慢できない同期の友達から食事の誘いのメールもあるが
コロナの鎖がほどけず檻から解き放たれないでいる
自ら行動制限を課していて
1110（イート）どころではない

11月11日（金）
　政府は第8波に備えた新たな仕組みを決定（法的拘束力無し）
・病床使用率を目安に都道府県ごとの感染レベルを4段階にする
　（レベル1〜感染小康期、レベル2〜感染拡大初期、レベル3〜医療
　負荷増大期、レベル4〜医療機能不全期）知事判断対応
・レベル3で知事が「対策強化宣言」
　感染リスクの高い場所への外出自粛、大人数会食や大規模イベント
　の参加を控えるなど要請
・レベル4になる前の段階で「医療非常事態宣言」
　必要不可欠な場合以外の外出自粛、旅行や帰省の自粛、出勤の大幅
　抑制、イベント延期など要請（飲食店や施設への時短や休業要請は
　せず、学校の授業は継続）
〈新型コロナ感染の新たなレベル分類〉
　レベル1：感染者が徐々に増加（病床使用率0〜30％）
　レベル2：急増し始める（同30〜50％）
　レベル3：医療負荷が増大（同50％超）
　レベル4：想定を超える膨大な数（同80％超）

怪文いや回文　　　　　　　　　　　　　ショート121

第8波の話題が盛り上がってきている
今回は121編　前から後ろから読んでも同数字
そこで第8波の怪文？（回文）を考えた
何度も8波戻んな（なんどもはちはもどんな）
つまんね8波年末（つまんねはちはねんまつ）
薬の8波のリスク（くすりのはちはのりすく）
進化の8波の監視（しんかのはちはのかんし）
新規の8波の禁止（しんきのはちはのきんし）
決め技8波騒めき（きめわざはちはざわめき）
家内8波田舎（かないはちはいなか）
寝たっきりの8波乗り切ったね
　（ねたっきりのはちはのりきったね）と言えれば？

11月12日（土）

第8波の行方　　　　　　　　　　　　　ショート122

12日までの1週間全国平均感染者数は7万人超え
毎日70人以上亡くなるクライシスをどう考えればいいのか？
感染拡大で第8波議論が湧き起こっている
「入り口にさしかかる　8波の兆し・始まり・突入」など
北海道は5日連続で感染者数がトップになり
ほか地方都市でも第8波の兆候や突入の見解が相次ぐ
東京都でも感染者が急増し病床使用率39.7％と既にレベル2
政府の新たな仕組みでは外出や旅行の自粛要請対応もあるが
第7波ピークを超えても行動制限はしない方針
要請と制限の境目はあやふやで曖昧さは残る
この3年間の反省と教訓がまったく活かされていない
XBBやBQ.1来訪で「8波（時）だよ変異株全員集合？」
水際緩和や旅行支援アクセルを同時に踏む
第8波の行方が気になる今日この頃
「忘年会予約をどうしよう？」と悩む人が多くなるか？

11月13日（日）

3拍子揃って残念　　　　　　　　　　　ショート123

アウトドアは物価高の風が吹きまくり冷え込んでくる
ペーブメントは枯れ葉が舞い政治への不信感が乱舞する
変異株はじわりじわり浸透し始めている
第7波が終わらないうちに第8波が訪れるのか？
増税の波もそのうち押し寄せるのか不安が募る
G20がインドネシアで15日から開催される
テーマは「Recover Together, Recover Stronger」
国内政局は支持率低下でリカバーできず感染対策は軟弱
「聞く力」は決断遅れ　説明同フレーズ　検討ばかりの3拍子
国民は誰も聞く耳を持たなくなるか？

11月14日（月）

要請と制限　　　　　　　　　　　　　ショート124

要請は「もっと良くせい（抑制）」か「ようせんわ」か？
辞書では「こうしてくれませんか」と願うこと
要するに陽性になったら「個人の責任」
制限は「一定の範囲を決め超えることを許さないこと」
「行動制限が無い」ことは何ら制約を受けない
行動制限や要請が無いなか感染者は増加の一途
果たして「これでいいのだろうか？」
無関心さがコロナをはびこらせる恐ろしい存在ともなる
ところで現状屋外で距離を取ればマスクは外せるが
にもかかわらず車中やひとけがない道でもマスク
要請されてもいないのにマスクするのが日常となる
要するに要請や制限があろうがなかろうが変わりない

11月15日（火）

第8波バラバラ対応　　　　　　　　　　ショート125

チャーハン　パラパラ　第8波はバラバラ知事対応
全国一斉に第8波が来るわけではないが
家に閉じこもっている限り
葉っぱだろうが　クッパだろうが関係ない
だけど気になる第8波
物価高で懐は8波り（やはり・やっぱり）寒いが
関東は冷たい雨　気温は一気に急降下　師走並みの寒さ
渋谷のハチ公も寒さに震えていることだろう
昨日地震があり津波の心配はなかったが
第8波津波はもう来ている
今日東京と北海道で感染者は1万人超　全国では10万人超
漢字の八は末広がりだが今後第8波は広がっていくだろう
「感染のお8（鉢）が回らなければ」と願う

11月16日（水）

アクセルとブレーキ ショート126

金融緩和の円安アクセルに為替介入ブレーキ
総合経済対策に増税検討の動きで消費抑制
旅行推進アクセルに今後自粛ブレーキのドリフト走行？
行動制限を用いずに第8波を乗り切る政府の姿勢
本来の目的を達成できず停滞は続く
政府はいったい何をしたいのか？
家計も総合対策を取らざるを得ない
負担軽減でまずあおりを受ける「お小遣い」
子どもの習い事を減らしたりやめたりする家庭も増える
政府に期待しても気体となって消え去るのみ
あくせく（アクセル）しても始まらない
若者言葉「チリツモ」の「塵も積もれば山となる」で
小さなできること（ポイントゲット？）から始めよう

11月17日（木）

行動変容 ショート127

コロナ　円安　物価高　アップアップ状態だが
毎週2回は家内と車でいつものスーパーへ買い出し
行くたびに値上がりを実感する
最近お菓子はA店　お肉はB店　その他食料品はC店へ
安さを求め行動変容しているが
私自身は相変わらず家に閉じこもりで変容していない
遊びにも行かず　外食もせず　物欲もない
10年以上洋服は1着も買っていない
「お金を使わずメッセージ創作に頭を使う」
お寿司には「ガリ」と「シャリ」が付き物だが
使用が（生姜）ない物を断シャリ（捨離）しなければ……

11月18日（金）
〈インフルとの同時流行に関する政府の３段階基準〉
　（厚労省が10月に呼びかけの基準を定める）
　呼びかけのポイントは次の通り
　【赤】医療ひっ迫が懸念される状況
　　・発熱外来は重症化リスクが高い高齢者に重点対応
　　・より強い呼びかけを実施
　【黄】感染者増加が見られ同時流行の兆しが見える状況
　　・重症化リスクが低い人には自宅療養を案内
　　・発熱外来はリスクの高い人を案内
　【青】感染が落ち着いている状況
　　・感染拡大に備え、新型コロナ検査キットや解熱鎮痛薬購入を呼び
　　かけ

飲食店の葛藤　　　　　　　ショート128

「あちら立てれば　こちらが立たぬ」飲食店は苦悩する
仕入れ値は高騰し燃料費も上昇
人気メニュー値上げは利益の反面
お客へのインパクトが大きい
値上げすれば客足は遠のくか？
ビールの値上げも「飲み放題プラン」に影響する
11（イイ）or 18（イヤ）か葛藤する
食材をどの程度仕入れるのか悩みは尽きない
身を切る対策を取らざるを得ないのか？
「どうすりゃいいんだ？」と自問自答する
値上げに踏み切る店あれば
値上げせず営業を続ける店もある
折しも全国感染者数は増加傾向にある
忘年会シーズンを迎え感染拡大で大人数の集客は望めない
新変異株が群雄割拠する「試練の冬」となるのか？

11月19日（土）

惑沈？

ワクチン有料化の話も出始めているが
ワクチン打ってもブレークスルー感染で過信は禁物
新しい変異株になればなるほど免疫逃避効果は強い見解も
4回目接種は7月に打ち終え次はオミクロン株対応型
本接種は9月20日開始後約2ヵ月で接種率は全人口の12％
副反応は今まで問題なく気にならず
既に接種間隔3ヵ月は経過しいつでも打てる状況
旅行にも遊びにも行かず自粛生活を続ける限り
感染リスクは低くなるが……
昨日70代男性が集団接種直後死亡の出来事も気にかかる
インフルエンザワクチンもどうするか悩みの種はつきない
困惑に沈む「惑沈（ワクチン）」となっている

11月20日（日）

ネタ切れか？

今日は師走並みの肌寒さで午後2時半頃から冷たい雨
これまで20日連続のメッセージとなったが
冷感と共に連続が途切れる予感がする
20日（ハツカ）ネズミの如く
別に寝ずに（ネズミ）考えてはいないが
物価高もありネタが入ってこずネタ切れか？
東京と全国感染者数は今日で16日連続前週同曜日超え
発熱外来がまずパンクし薬が不足する事態となるのか？
感染者が増加すれば病床に空きがなくなり
「入院先着順」や「救急医療ひっ迫」の事態となるのか？
全国旅行支援はストップする気配もないが
20編でのストップは「連載旅の途中の一休み」と考えたい

11月21日（月）

〈ちょっと休憩（新変異株豆知識）〉

　オミクロン株は次から次へと変異を繰り返す

　「BA.1」が伝播後「BA.2」（第6波流行）に置き換わる

　「BA.2.75（通称ケンタウロス）」は2022年6月インドで報告

　「BA.2」から派生した新たな異質の変異株

　感染力は3倍強くワクチン効果は最も弱い可能性も

　「XBB（グリフォン）」は2022年9月シンガポールで報告

　「BA.2」から派生した変異ウイルスが組み合わさった「組換え体」

　感染力と免疫回避性は強いが重症化率は高いとは言えない

　「BQ.1（タイフォン）」は「BA.5」（第7波）の亜系統の1種

　「BQ.1.1（ケルベロス）」も同様2022年9月ナイジェリアで報告

　「BQ.1」にスパイクタンパク質の変異が加わったもの

　「BQ.1」と「BQ.1.1」は免疫回避性と感染力が強い

　重症度についてはまだよくわかっていないのが現状

11月22日（火）

またまたドジたる厚労省　　　　　　ショート131

　「HER-SYS」は厚労省が開発したシステム

　新型コロナウイルス感染者等情報把握・管理支援システム

　これまで入力項目が多く　使い勝手が悪いため再三改修実施

　ところが5回目接種歴入力ができず未対応が昨日わかった

　既に5回目接種実施中　またまたドジ踏む厚労省

　当初仕様がどうなっていたのか？

　使用が無い（しようがない）5回（誤解）では済まされない

　当面接種回数は「不明」で別項目に「ワクチン5回」入力

　COCOAも中途半端で終了した

　「歯抜けシステム」で利用が噛み合わないシステムだった

　「HER-SYS」ではなく「IMy（曖昧）SYS」

ムダとミス ショート132

ワクチンはオミクロン株対応に取って代わり

従来ワクチンは有り余り無駄になり

廃棄せざるを得なくなる

「ムダ　ムダ　ムダ　ダム」

無駄が変じて「ダム」になる

咳は出ないが堰を切ることと同じで溢れだす

ワクチンミスは起こるべくして起こっている

インフルエンザワクチンとコロナワクチン接種で

インフル接種希望の子どもにコロナワクチン接種（※）

「ミス　ミス　ミス　スミ」

ミスを消さないと「済み」でない

大事には至らなかったそうだが

「すみません」では済まなくなる

※大阪府２ヵ所の診療所で11月５・21日誤接種発生（29日発表）

11月30日（水）
5類考

感染症法上コロナは現在「2類相当」となっているが
政府はインフルと同じ「5類」へ本格的検討に入った
5類になることで何が起こるのか？
「勘定無料（感無量）」が「勘定有料」となる
3割負担で検査キットが1,800円　ＰＣＲ検査2,500円
「ゾコーバ」が3万円　「レムデシビル」11万4,000円
入院費は一日約2万円の負担が強いられる
ワクチン接種は1回約6,105円で年に何回も打てない
濃厚接触者のＰＣＲ検査もなくなる
いまだに解明されていない「後遺症」の問題もある
いつまでも全額公費負担といかないのはわかるが
感染したら「おっかねえ（金無え）」額になる
インフルは季節性があり一時的だが
コロナは年がら年中でブレークスルーもある
「入院勧告　就業制限　外出自粛」要請は不可となる
厚労省アドバイザリーボード資料によると
重症化率は60歳未満0.03％とインフル同等だが
60歳以上はインフルの0.79％に対し2.49％と高い
インフルと同等の土俵に立てるものではないと思うが
高齢者や子どもに優しい「新たなカテゴリ」が求められる
「5類は友を呼ばない」方向で進めてほしいが

【12月1〜31日】

　1日は全国で気温が急降下、冬本番の寒さとなる。今日から政府は全国の家庭や企業に対し、7年ぶり冬の節電要請（来年3月末まで）。今月も飲食料品など145品目に上る値上げが続く。

　感染者の増加速度は比較的緩やかとの見解だが、高齢者の感染が増え、病床使用率は全国的に上昇傾向が続いている。11月29日時点50％以上は18道県（21日時点8県の倍以上）となっている。

　東京都は医療提供体制の警戒レベルを9月28日以来2ヵ月ぶりに1段階引き上げる（上から2番目）。病床使用率は41.6％に上昇。今後は変異株「BQ.1系統」や「XBB系統」が「BA.5」に入り混じり感染が拡大していくか？

　2日4時半に起床し、4時キックオフの強豪スペイン戦を録画で追っかけ観戦。後半またも堂安律と田中碧のゴールで2対1の逆転勝利。再び「ドーハの歓喜」グループステージ首位突破。2点目のアシスト三笘薫のVAR「執念の1ミリ」が話題となった。国内累計死者数は5万人を超える。昨年末時点約1万8,000人、この1年で3万人以上増える。厚労省はインフルエンザとの同時流行に備え、全国の医療機関で一日当たり平日最大90万人、土曜最大55万人、日曜祝日最大23万人の発熱患者を診療できるよう医療体制を強化したと発表。一方健康フォローアップセンターの体制も一日当たり8万人から20万人に対応強化。

　3日までの1週間平均感染者数は東京1万1,727人（117.0％）大阪5,219人（111.4％）、全国10万7,240人（110.8％）。

　6日W杯決勝トーナメント1回クロアチア戦、前半前田大然の先制ゴール、後半同点とされ延長戦後、PK戦（1−3）で敗退。感染状況は「東高西低」が際立っている。厳しい寒さで換気が不十分となり集団免疫や抗体保有率が低いことがその要因か？

　7日「第7波」の7〜8月に自宅で死亡した人は全国で少なくとも776人、80代以上が58％を占める。基礎疾患のある人は全体の69％と厚労省が明らかにする。今年1〜3月第6波の自宅で死亡555人を上回る。コロナ関連破綻は7日時点3年間累計4,918件で年内5,000件超

え（2021年年間1,718件、2020年843件）の見通し。飲食業が最多、建設業、アパレル関連、飲食料品卸売業、ホテル・旅館と続く。円相場正午1ドル＝137円01〜02銭となり、円安は既にピークアウトした可能性もある。中国では「ゼロコロナ」政策の大幅緩和を発表。軽症者の自宅隔離を認め、全市民ＰＣＲ検査廃止、商業施設などへの出入り時は陰性証明提示不要など。

　8日厚労省はモデルナ製ワクチン3回目接種を18歳以上から12歳以上へ引き下げることを決定。東京大学医科学研究所などのチームは「BQ.1.1系統」と「XBB系統」に対し国内承認3種類の抗ウイルス薬（レムデシビル、モルヌピラビル、パキロビッド）がウイルスの増殖を抑制する効果が従来株などと同程度であると発表。

　9日コロナ協力金は時短・休業要請に応じず営業継続や実態の無い営業申請など不正受給総額が9月末時点20都府県で561件、5億円超に上っていることが明らかになった（全国で約623万件、約6兆7,000億円の支給）。厚労省はインフルエンザ発生状況について12月4日までの1週間39都道府県636人（2019年同期の2.3％）と発表。

　10日までの1週間平均感染者数は東京1万2,644人（107.8％）大阪6,279人（120.3％）、全国11万7,308人（109.4％）。旧統一教会被害者救済法が成立し、臨時国会が閉会した。

　12日厚労省専門家分科会はワクチン接種後死亡した5人に死亡一時金請求（4,420万円、葬祭料21万2,000円）を認める（計15人）。東京都はコロナとインフルエンザの同時流行に備え、更に発熱外来のひっ迫を防ぐ狙いで臨時のオンライン発熱診療センターを開設。対象は都内在住の13〜64歳の重症化リスクの低い人で、コロナ検査キットで自主検査し、専用のホームページからアクセスする。政府分科会尾身茂会長が5回接種後の感染が判明した。

　13日東京都の感染者は1万9,800人、病床使用率は50.0％となった。大阪府は3ヵ月ぶりに1万人超えの1万679人、病床使用率は41.4％。全国の感染者は17万人を超える。大阪府内の99病院が国のコロナ病床確保交付金23.4億円過大受給が判明、請求ミスが原因とのこと。国土交通省は年末終了予定の「全国旅行支援」を来年1月10日から割引率を下げ再実施すると発表。厚労省はコロナ治療薬「ゾコーバ」を

新たに100万人分追加契約したと発表。これまで約3万6,000人分が供給され、約2,600人に投与されたとのこと。

14日全国の感染者数は19万人を超える。厚労省専門家会議は「感染者は全国的に増加傾向で病床使用率も上昇傾向」と報告。更に、新型コロナ分類見直しについて致死率や重症化のみを比較するのは不十分、伝播性が増大し、ワクチンなどの免疫を逃れる程度も高く「疫学的にはインフルエンザとは異なる特徴を持つ感染症」と指摘。国立感染症研究所などのチームはオミクロン株に対応したワクチンの発症予防効果は71%とする暫定的な分析結果を公表。

15日厚労省はコロナ感染者の葬儀に関する指針（2020年7月策定）につき「納体袋」不要や葬儀は原則執り行うことなど制限を大幅緩和する改定案を取りまとめた（年明け改定）。大阪大学は新型コロナウイルス重症化リスクを血液一滴で予測する仕組み発見と発表。東京都は都民への観光支援策「もっとTokyo」（割引率前回同様）と全国から都内を観光する全国旅行支援「ただいま東京プラス」を来年1月10日以降3月末までの実施を発表。

16日愛媛県は前日「医療ひっ迫警戒宣言」（病床使用率59.8%）、広島県は16日独自の「医療非常事態警報」、愛知県は「医療ひっ迫防止緊急アピール」など各地で警戒が続く。厚労省はオミクロン株対応ワクチン接種後死亡事例が19件と発表。接種との因果関係は「評価できない、評価中」。この他13日従来ワクチン3回目接種11歳男児が死亡公表（5〜11歳死亡例3件目）。

17日までの1週間平均感染者数は東京1万5,543人（122.9%）大阪8,358人（133.1%）、全国14万7,065人（125.4%）。

19日世論調査（12月17・18日）の状況が出揃う。毎日新聞の内閣支持率最低25%（不支持率69%）、朝日新聞支持率31%（同57%）。共同通信社では支持率33.1%（同51.5%）、ＡＮＮは支持率31.1%（同43.3%）。ＦＮＮでは支持率37.0%（同57.5%）となった。大阪府豊中市や大阪大学などは後遺症について国内最大規模の調査（2万7,000件で4,000件回答）を実施、14日に結果が発表された。47.7%に何らかの後遺症があるとのこと。20人に1人が1ヵ月後に、27人に1人が2ヵ月後に、2年におよぶ苦しみも、重症患者の方が起こしやすい

など。カタールＷ杯はアルゼンチンがＰＫ戦の末フランスに勝利（36年ぶり３度目、大会ＭＶＰはメッシ）。

　20日国内の感染死者数は339人で一日300人超えは９月６日以来。総務省消防庁によると12月12 ～ 18日の救急搬送困難事案が７波以来の6,000件に到達。東京消防庁は救急車出動率が95％を超える報告。長引くコロナ禍は経済状況の懸念などから結婚や出産を控えるケースに影響。今年の年間出生数は初めて80万人割れの見通しとなる。

　21日東京都の感染者数は２日連続２万人超え２万1,186人、２万人超えは８月25日以来、大阪府は１万2,223人で第８波最大。全国では約４ヵ月ぶり20万人超えとなる。

　22日東京都は医療提供体制の警戒レベルを最も深刻なレベルに引き上げる。ＷＨＯ集計で12 ～ 18日の日本感染者数は104万6,650人（前週比＋23％）で７週連続世界最多（韓国、米国と続く）となる。同期間の死者数は米国の2,658人（－13％）に次ぐ２番目の1,617人（＋19％）。

　23日厚労省はインフルエンザが一部地域で増加傾向にあり、６都県（東京、神奈川、青森、岩手、富山、熊本）で流行入りを発表。岐阜県は国の基準を全国で初めて適用の上、レベル３「医療ひっ迫防止対策強化宣言」発令（来年１月22日まで）。

　24日までの１週間平均感染者数は東京１万6,882人（108.6％）大阪9,766人（116.8％）、全国16万2,393人（110.4％）。東京都は年末年始に備え、主要駅に無料検査会場設置。

　26日大阪府は大阪モデルを非常事態の「赤信号」に引き上げる。病床使用率は23日赤信号基準50％超えの50.1％に、26日は55.1％。富士レビオは同時検査キットをネット上で販売、薬局では年明け。

　27日閣僚４人目の秋葉賢也復興相と杉田水脈総務政務官を更迭。中国感染者急増を受け中国から入国時検査を30日から実施と発表。

　28日厚労省は全国的にインフルエンザの流行期に入ったと発表。

　29日厚労省発表は感染死者数２日連続415人、420人の最多更新。読売新聞など各紙では27日438人の過去最多の発表。

　31日までの１週間平均感染者数は東京１万5,746人（93.3％）大阪9,860人（101.0％）、全国15万6,341人（96.3％）。

12月1日（木）

嫌な予感　　　　　　　　　　　　　　　　　　　ショート133

12月に入り一気に「寒さの波」が押し寄せる
関東の昼間はビートルズ「Hey 10℃（Jude）」前後
換気が悪くなりウイルスを喚起し
怪傑ゾロは1人だが変異株がゾロゾロと
「コロナの大波」がやってくるかもしれない
「値上げの波」も相変わらず続いている
ゾロはスペイン語で「きつね」を意味する
今年は「きつねダンス」がブレークし
流行語大賞のトップ10に選出される
インフルも踊り狂ってツーブレイクダンスとなるか？
今年ユーキャン新語・流行語年間大賞は「村神様」
昨年「リアル二刀流／ショータイム」2020年は「3密」
全国感染者は11月中旬以降1週間平均毎週1万人増
オミクロン株が大化けし「BQ.1やXBB」に置き換わるか？
ブレーキが効かない第8波のピークを迎えるのか？
このままじっと第8波が通り過ぎるのを待つしかないか？

若者言葉　　　　　　　　　　　　　　　　　　　ショート134

若者の間で生まれSNSで流行した
「顔パンツ」（マスクは顔のパンツである）
流行語大賞ノミネートで初めて知る
人前でマスクを外すのは
下着を脱ぐのと同じくらい恥ずかしい感覚らしいが？
「マスク依存」の若者や子どもが増えるとの警鐘もある
「マスク呪縛」から逃れられないのか？
アメリカの病院で「Take off your pants.」と言われ
下半身をさらけ出した例もあるそうだ
「pants」は「ズボン」なのに（下着はunderpants）

12月2日（金）
改正感染症法成立（2024年4月施行）
・感染症医療の提供を公的医療機関に義務化
（対象は全国約8,200の2割約1,700病院、約5,000の診療所）
・改正法付則には分類見直し検討の規定が入る

12月6日（火）

師走感　　　　　　　　　　　　　　　　ショート135

チュール　チューバ　ユーチューブ（YouTube）
管楽器チューバのように感染者の旋律は
連続して増幅し響き渡る
「YouTube」にはコロナ感染情報が溢れ出る
「チックタック」は時計の音だが
「ティックトック（TikTok）」のように変異株が踊り狂うか？
師走の寒さに震えあがるが
師走に　しわ寄せ　第8波か？

12月7日（水）

こだまする叫び　　　　　　　　　　　　ショート136

人類がコロナに感染しようが
侵略戦争がウクライナで継続しようが
それでも地球は回っている
コロナもロシアのエゴイズムも世界は止められない
インターネットで世界は身近になったとしても
自分のいる領域は狭く感じられる
何もできない　小さな世界　世界は広すぎる
それならそれで自分の範囲内で生きるしかない
メッセージを発信し続けるしかない
凍てつく心に
限りある命の叫びがこだまする……

12月8日（木）

後遺症疑心暗鬼　

感染から２ヵ月以内は非常に危険な後遺症
オランダの研究では８人に１人が悩まされている状況
日本では若者に多く感染者10％で250万人が該当する
倦怠感　思考力低下　味覚・嗅覚・脱毛などの症状
後遺症は持続しフランスのデータでも寛解はわずか15％
まだまだ解明されていない状況で処方薬もない
後遺症を診療する医療機関が圧倒的に少ない現状もある
休業・休学や退職に追い込まれるケースも多い
更に２回感染者は死亡・入院のリスクが急上昇の見解も
内臓疾患などの合併症や後遺症リスクも増大するとのこと
イエローカードがレッドカードになる
免疫ができ症状が軽くなるこれまでの考えを覆す報告
いったい何を信じればいいのだろうか？

12月9日（金）

家計クライシス　

世の中は“Corona crisis”で始まったが
先行き不安の「暗いＳＹＳ（システム）」や
役に立たない「お（Oh！）蔵入りＳＹＳ（クライシス)」
クライシスにもいろいろあるが
電気・ガス代や飲食料品の値上げが続き
節約するにも限度があり出費がかさむ
かといって上昇分に見合う給料アップも望めない
年金も下がる一方か？
相次ぐ「増税論」も始まっている
外食値上げで度々行けず「内からも外からもクライシス」
「家計クライシス」の「Ｃｒｙ指数」が跳ね上がる

12月11日（日）

子どもたちのＳＯＳ　　ショート139

子どもたちに「うっぷん」がたまっている
コロナ禍３年で漠然とした「孤独感」
人はみな孤独に耐えられない弱い生き物
ましてや子どもには重くのしかかる
「給食時黙食」は基本的対処方針から削除されたが
「話す時間」は相当減っている
マスクもまだ外せない状況
友達と遊べないストレスも相当なもの
誕生日パーティーにも友達を呼べない
学力や体力もコロナの影響で落ちているかもしれない
ちょっとしたＳＯＳを見逃さないようにしたいもの
気付いた時に「時遅し」とならないように
子どもたちの「ＳＯＳ」が聞こえますか？

12月12日（月）

今年の漢字　　ショート140

今年の漢字が清水寺で「戦」と発表される
ウクライナ侵攻　物価高　Ｗ杯熱戦も反映
ちなみに昨年は五輪の「金」2020年は３密の「密」
私が思う漢字を挙げてみた（ベスト10に入らず）
オミクロン株とその亜種が暴れまくった年で
「増」感染者は増加　高齢者は「耐」え「忍」ぶ
分野別で考えると
「首」政界では更迭が相次いだ
「宗」旧統一教会の問題が世間を騒がした
「節」国民は節電や節約を余儀なくされる
「歓」スポーツ界ではサッカーＷ杯ドーハの歓喜
人それぞれ思う「感字」は違うだろう

12月13日（火）

子どもへの誤接種 ショート141

インフルエンザと小児用ワクチンの接種開始以来
案の定起きてはいけないことが起こるべくして起きた
11月下旬から12月中旬にかけて把握した限りでは
鹿児島、大阪、福島、岐阜、東京、愛媛と発表が続く
有効期限切れ小児用ワクチン接種100人以上の事例が2件
インフルエンザ接種希望の子どもに大人用ワクチン接種
11歳へ年齢確認を怠り12歳以上のワクチン接種
4歳児に5〜11歳の小児用ワクチン接種
幸いにも健康被害は確認されていないが
安全意識の欠如がはなはだしい
決して許されることではないが……

12月16日（金）

フルロナ同時流行？ ショート142

今年は特にインフルエンザ流行の恐れがあり
政府や各自治体は予防接種を推奨している
今のところマスク効果か？
インフルエンザ流行の兆しは見られない
12月11日までの1週間計1,281人
一方コロナ感染者はじわじわ上昇中
同期間全国感染者数は1週間計85万人を超える
同時流行に備え医療体制強化は図られているとのこと
両者の初期症状は似ていて更に同時感染もあり得る
発熱外来では同時検査も必要となっている
ワクチン接種を同時に受けることもできるが
くれぐれも「誤接種のドジ接種」とならないように
インフルは季節性なのでこの冬を乗り切りさえすれば
同時流行は同時に無くなる……コロナは残るが

12月17日（土）

どこへ消えたか新基準

「新たな４段階の仕組み」は11月18日政府が決定し運用開始
レベル３で「対策強化宣言」４の前で「医療非常事態宣言」
病床使用率50％でレベル３だが既に70％超えの県もある
あれから１ヵ月経つが『花はどこへ行った』の如く
「新基準はどこへ行ったのか？」
ネットやテレビのニュースでも新基準の話は出ない
東京都の感染状況警戒レベルは上から２番目（11月17日〜）
医療提供体制も同様12月１日に変更
都の病床使用率は12月13日から既に50％を超えている
大阪府では独自基準の大阪モデル「黄信号」（11月８日〜）
各自治体は独自基準の発表止まり
全国横並びがどうなっているのかまったくわからず
安心できない「ｕｎｓｅｅｎ」

12月18日（日）
〈ちょっと休憩（４文字言葉）〉
「ちょっと」の「っと」が付く４文字言葉を考えた
「いらっと」するのは「いつまでも続くコロナ」
「かーっと」しても始まらない
「けろっと」コロナを忘れてしまいたいが
「ころっと」コロナは消えてなくならない
「じわっと」病床使用率が上昇し続け
「ずうっと」繰り返されるコロナの波に
「だらっと」自粛生活を余儀なくされる
「どどっと」増え続ける感染者数に
「ふらっと」気軽に外出もできず
「ぼやっと」する時間が多くなる
「めりっと」も一切なくシャンプーするしかない

12月23日（金）

セーフじゃないアウト　　　　　　ショート144

強烈寒波到来　日本海側　大雪　どか雪　荒れ模様
停電　除雪に雪下ろし　どうにもならない　てんやわんや
６都県がインフルエンザ流行に足を踏み入れる
感染拡大は止まらず救急搬送困難事案や死亡者が増加
世界最多の感染者数をひた走る日本
病床使用率はじわじわ上昇し医療ひっ迫へ
第７波同様の事態が繰り返されるのか？
政府はお構いなしに見て見ぬ振りか？
経済活動を最優先した政府のコロナ対策
「セーフ（政府）」じゃない「アウト」
先が見えないホワイトアウト状態
打開策はなくワクチン早期接種の呼びかけだけか？
「個人の自己責任」や「自業自得」に成り果てる
「国民の命を守る」フレーズは去り行く

12月24日（土）

クリスマス異変　　　　　　　　ショート145

家々の電飾は電気代高騰で少なくなった
クリスマスイベントは開始時期を遅らせたり終了も早めに
ＬＥＤ電球や設営コスト上昇で電球の球を削減
イルミネーションの消灯時間も早まる
クリスマスケーキは原材料や包装材高騰で値上がり
プレゼント定番のゲーム機やおもちゃの値上げも
「第８波」到来で３度目の「おうちクリスマス」
クリスマスには栗きんとん　ある　なし？（メッセージ212参照）
クリスマス寒波も襲来　イブの風はひんやり冷たい
夕刻孫たちが帰った後　救急車のサイレンは聞こえないが
サイレントナイトは過ぎ行く

12月26日（月）

10大ニュース

この時期になると10大ニュースが報道される

私にとっての10題ニュースを挙げてみた

1：オミクロン株とその仲間の「変異株」

2：いつまで続くのか「ウクライナ侵略戦争」

3：一連の「旧統一教会」政治問題化

4：「北朝鮮今年36回ミサイル発射」

5：語るまでもないカタールW杯「ドーハの歓喜」

6：節電や節約の「電気ガス代高騰と物価高」

7：国葬儀　辞任ドミノ　支持率低下の「岸田内閣」

8：社会経済に影響を与える32年ぶり「円安問題」

9：五輪に追い打ちをかけた「五輪汚職」

10：なかなか進まない「マイナンバーカード」

あなたにとっての「重大ニュース」を考えてみよう

12月31日（土）

【年末でのコロナ関連情報まとめ】

・国内累計感染者数：2,924万7,521人（読売新聞31日午後8時）

・国内累計死者数：5万7,573人（読売新聞31日午後8時）

（2022年3万9,158人、2021年1万4,908人、2020年3,507人）

・病床使用率50%以上：12月28日現在34都府県

・救急搬送困難事案：12月19〜25日最多6,800件（前週＋712件）

・オミクロン株対応ワクチン接種率：12月27日現在35.0%

・インフルエンザ感染者：12月19〜25日6,103人（前週＋3,511人）

12月31日（土）
年末考2022

行動制限の無い３年ぶりの年末年始
鉄道や飛行機は帰省などで混雑する
来年はコロナ４年目に突入する
この年末は「第８波」に見舞われている
11月から第８波のこれまでの感染者マックスは
12月27日東京２万2,063人　大阪１万3,962人
全国では12月28日21万5,965人
感染死者数は月間12月過去最多　28・29日各400人超え
「値上げの波」にも襲われ来年もまだまだ続く
今年値上げされた飲食料品は２万800品目にも上る
「季節性インフルエンザの波」も全国で流行の入り口に
この３年間自粛生活が続き
ライブ行かない　パチンコやらない　外食敬遠
「無い無い尽くし」の３拍子
有るものと言えば暇な時間？
いや貴重な時間が有り余る
どう活かすかは人による
５月１日以降もメッセージ続編を書き続け
８ヵ月経過した年末に総数82編となった
来年は卯年「鵜の目鷹の目」で
旅には行かないがメッセージの旅は続く

12月31日（土）

コロナ川柳（その1）

212

年末を川柳で締めることにした（全37句、世相含む）

【2022年5〜12月】
無制限　一事がバンジー　飛び立てぬ
外食の　マスク会食　マズくなる
もう嫌だ　夏のマスクは　増す苦なる
第7波　たこつぼハマリ　また自粛
連猛暑　タイヤもパンク　熱帯嫌（夜）〈熱タイヤ？〉
丁寧は　同じ文言　繰り返し
国葬儀　支持率落ちて　どん底へ
ルーティーン　朝も早よから　ヤスデ捕り
解禁へ　出愚痴戦略　先見えず
氾濫す　まやかし言葉　維持いじと
阿波踊り　感染増やし　泡食った
ワクチンと　緩和策しか　手立て無し
外交は　期待外れの　国葬儀
酷葬儀　席有り余る　武道館
秋寒し　コロナと値上げ　コロナップ（コロナ＋アップ）
国難で　検討ばかり　繰り返す
下準備？　水際緩和　第8波
Come back Shane じゃないよ　旅行割〈西部劇『シェーン』〉

12月31日（土）
コロナ川柳（その2）

録りためた　夜の連ドラ　昼間観る

行紅葉（いこうよ）と　渋滞はまる　いろは坂

記憶ない　記録もないと　瀬戸際に〈山際大臣辞任〉

円安に　物価の値上げ　身に沁みて

返り咲き　コロナ担当　なぜなんだ！〈辞任4日後本部長就任〉

また増えた　8波の予感　現実に？

冬ギフト？　やっぱ来るのか　第8波

電気ガス　もう節約は　やり果てた

支持率や　気温も下がり　身震いか

秋深し　葉っぱ踏み踏み　8波入り

秋深し　ふかし芋でも　食べたいな

やらぬより　早めにやろう　忘年会

デジタルで　またドジたるの　厚労省〈接種歴5回目未対応〉

要注意　ダブルウイルス　フルロナに

繰り返す　コロナの波と　ドジ接種

目に見えぬ　小人にあらず　コビッドか

ホールやめ　ピースで我慢　クリスマス〈値上げで台無し〉

電気代　イルミの球の　間引きかな

栗きんとん　早めに買って　栗済ます（クリスマス）

　コロナ4年目に突入する。昨年に続き値上げラッシュ。4月まで7,152品目の値上げ、1月は580品目、2月は4,300品目が集中する。感染者はどこまで増えるか？　インフルエンザは本格的流行か？

　2日東京都の累計で感染者が400万人を超え、死者数は6,828人。

　3日米国では新型コロナ「最強の変異株＝XBB.1.5」（BA.2から派生したXBB下位系統で通称クラーケン）が瞬時に広がっている。伝染性と免疫回避力が最も強いと言われる。外国為替市場で2022年6月以来、一時1ドル＝129円台を付ける。

　4日岸田首相は感染者急増の中国からの渡航者に8日から陰性証明を義務付け、入国時検査も抗原定性検査から精度が高いＰＣＲ検査や抗原定量検査変更と明言（9日マカオも12日から追加発表）。

　5日全国感染者数は西日本を中心に12県で最多更新、三が日は7〜9万人台で推移、4日に10万人台、5日は一気に倍増し23万人を超える。検査数が以前の状態に戻ったことでの増加と考えられる。感染死者数は新聞各紙では498人（厚労省発表320人）の過去最多。同日公表されたが、東京都内の「BA.5」割合が昨年12月20〜26日は44.9％まで下落。BA.5から派生した「BF.7」が22.4％、「BA.2.75」9.3％、「BQ.1.1」8.4％の疑いで新系統へ置き換わりが進んでいる。ＷＨＯ集計では昨年12月26日〜1月1日感染者数は日本94万6,130人で世界最多。中国は韓国、米国に次ぐ第4位の21万人超で感染実態は不正確とみている。同週間日本の死者数は米国2,501人に次ぐ2番目1,941人、中国は5位（？）の648人（14日中国政府は昨年12月8日〜1月12日までの感染死者数は5万9,938人と発表）。

　6日新規感染者が8県で最多更新し24万人を超える。国内累計感染者数が3,000万人を超えた（2022年9月9日2,000万人超え、2022年7月14日1,000万人、初確認は2020年1月15日）。厚労省はインフルエンザが1日までの1週間で9,768人（前週＋665人）となり、30都道府県で流行の目安を超えたと発表。

　7日までの1週間平均感染者数は東京1万3,999人（88.9％）大阪1万452人（106.0％）、全国15万3,320人（98.1％）。

8日感染死者数は1ヵ月余りで1万人増加し累計で6万人超える（厚労省発表では9日）。中国は入国時強制隔離撤廃により「ゼロコロナ」政策は事実上終了、観光ビザ発給は順次再開とのこと。

　10日「全国旅行支援」が割引率を下げて再開。中国政府は対抗措置として日本・韓国人を対象に新規ビザ発給業務停止（その後11日中国での乗り継ぎ一時滞在も同様、29日在日大使館ビザ発給再開）。

　11日松野官房長官は「XBB.1.5」が国内で4件確認と明言する。感染死者数が過去最多の520人（厚労省発表は11日381人、12日最多489人）となる。感染死者数は昨年11月28日以降、3桁で推移する。総務省消防庁は救急搬送困難事案が8日までの1週間全国計7,558件（前週＋400件）に上ったと発表、3週連続過去最多に。

　12日東京都は「XBB.1.5」が先月以降15件確認と発表。兵庫県や神戸市内でも初確認。ＷＨＯは4日時点29ヵ国で確認されたと発表。厚労省専門家分科会はワクチン接種後死亡した5人へ新たに死亡一時金請求を認め計20人となる。

　13日インフルエンザは8日までの1週間2万3,139人（前週約2.4倍）。46都道府県で流行入りの目安を超える。感染死者数は新聞各紙では最多523人（厚労省発表13日480人、14日最多503人）。静岡県は国が導入した仕組みの「医療ひっ迫防止対策強化宣言」を発出（国評価レベル3、病床使用率82.4％、12月岐阜県に続き2例目）。第一三共は「メッセンジャーRNAワクチン」の製造販売承認を厚労省申請（純国産ワクチンは塩野義製薬に次ぐ2例目）。

　14日までの1週間平均感染者数は東京1万1,850人（84.6％）大阪9,669人（92.5％）、全国14万5,461人（94.9％）。

　17日6,434人が犠牲となった阪神・淡路大震災が1995年の発生から28年目を迎える。明石には1991年12月から1994年6月まで富士通明石工場勤労課長として在籍後、広島転勤となった半年先に発生。当時勤務場所であった木造建物が倒壊してしまった。私や家族にとって明石は大切な思い出の地であり、震災の歌"叫び"を広島で創作。救急搬送困難事案は9〜15日の1週間全国で8,161件に上り、4週連続過去最多に。

　18日2022年訪日外国人客数の推計値は383万1,900人と3年ぶり増

加（2019年過去最高の１割強）になると日本政府観光局が発表。

　20日岸田首相は感染症法上の分類について「２類相当」から季節性インフルエンザ並みの「５類」へ引き下げる方針を決定する。同時にマスク着用の目安などの感染対策を緩和する意向も明言した。インフルエンザは15日までの１週間３万6,388人（前週約1.6倍）。

　21日までの１週間平均感染者数は東京7,705人（65.0％）大阪6,446人（66.7％）、全国９万5,776人（65.8％）。

　23日東京商工リサーチ発表によると2022年の全国倒産件数は前年比6.6％増の6,428件と３年ぶり増加に転じた。感染拡大に起因する倒産が増え、コロナ禍の影響が長引いている。ＡＮＮ世論調査によると21、22日内閣支持率は28.1％と最低を更新。通常国会召集へ。

　24日救急搬送困難事案は16〜22日の１週間全国で5,998件に上る。厚労省はワクチン健康被害70件審議で62件医療費・医療手当の救済を認定。今回を含む累積申請受理件数は5,941件となり、うち認定は1,459件、否認166件、保留20件。

　25日厚労省専門部会は20日ワクチン接種後死亡が1,967件と報告（ファイザー1,751件、モデルナ211件など）。厚労省助言機関では「全国的には減少傾向が続く見込み」の見解。病床使用率50％超は20府県（18日32府県）に減少。

　26日米疾病対策センターはオミクロン株対応ワクチンの追加接種は「XBB.1.5」発症を防ぐ効果が４〜５割あるというデータを公表。厚労省は昨年９月全数把握簡略化後65歳以上の感染者約31万4,000人分の報告漏れ（年代別集計との不一致）の可能性があると発表。東京都の感染状況は１月10〜16日「BA.5」24.6％へ減少、「BF.7」34.5％、「BQ.1.1」疑いも24.5％に増加。

　27日インフルエンザは22日までの１週間４万7,366人（前週1.3倍）。政府は５類への移行日を５月８日に決定（１月27日記載）。

　28日までの１週間平均感染者数は東京4,986人（64.7％）大阪4,124人（64.0％）、全国６万922人（63.6％）。いずれも11日連続前週同曜日を下回る。死者数は１月１ヵ月弱で初１万人超え。

　31日救急搬送困難事案は23〜29日の１週間全国で5,519件に上る。大阪府は「大阪モデル」を赤色から黄色へ引き下げる。

1月1日（日）

兎映え？

第8波で迎える「卯年」元日全国感染者は8万人超

未増（未曾有）の8超（八丁）味噌？

死者数は「兎の登り坂」の如く上り調子

「兎の逆立ち（耳が痛い）」で外出するのもはばかられる

全国旅行支援は10日から再開されるが

旅行や遊びに行く人は「兎に祭文」か？

コロナをさほど恐れなくなっている

自粛続きだが「兎の昼寝」はしていられない

「脱兎の如く」メッセージ量産とはいかないが

「兎に角」一歩一歩進むしかない

ＡＩ予測では東京都の感染者は中旬3万6,000人に？

「兎跳び」の如く感染者が跳ね上がらない一年を願う

1月2日（月）

お正月の定番

「世知辛い」世になった

「お世辞」など言えない状況になっている

「おせち料理」は物価高で購入品数限定に

買「ウニ（うに）」「カニ（買え）」無い

「餅（もち）ろん」餅はパックの長持ち商品で

政府の政策は増税案ばかりの「トロ・イカ」だが

回転寿司に行っても取るのは値段の安い皿

昨年末3年ぶりに行った『スシロー』は「寿司Ｌｏｗ」

近くにないが『すしざんまい』は「寿司残念」になる

小2の孫への「お年玉」は親管理分と本人分に分けた

定番と言えば「初詣」で2日に孫娘たちと行く

神社には「お参り」コロナには「参らない」と願う

自分自身の「制約の鎖」がほどけるのはいつの日か？

創作コロナおみくじ

自分の運勢は自分で切り開くもの
売らない（占い）のに売っているおみくじだが
「コロナおみくじ」を創作してみた
「大吉　吉　中吉　小吉　末吉　凶　大凶」7段階が一般的
次のおみくじ内容は何に相当するか考えてみてネ
願望：焦ることなかれ　機はいつか来る
旅行：どこへも行かなければリスクは少ない
恋愛：五円玉を上に投げ表が出たら成就（出たら目？）
商売：今は苦しくても機を待てば流れが来る
金運：おこづかいは下がる
学問：常に勉学することが大事
健康：今を生きよう　明日は明日の風が吹く
本来おみくじは神様や仏様のメッセージだが？

1月3日（火）

3の連続漢字

三が日は今日で終わるが　コロナはまだまだ続く
「続く」といえば3が連続する漢字を考えてみた
いい感じ（漢字）かどうかわからないが
1月3日で13は『ゴルゴ13』や
13（イーサン）・ハントの「33（酸味）」が利いた役
『酸っぱい（スパイ）大作戦』を連想する
他にこれといった「33（耳）」寄りの話はないが
第8波ピークが来て「33（惨々）」たる状況が予想される
「33（三位）一体」（手洗い　マスク　密回避）の
原点に戻った感染対策をするしかない
今年も「33（惨々）」のオミ苦労の年になるのか？
もうこれ以上「33（散々）」な目に遭いたくない
「33（燦々）」と陽の当たる年（Sun Sun）になればと願う

1月4日（水）

仕事始め　　　　　　　　　　　　　ショート151

今日から世の中は「仕事始め」
「感染始め」にならなければよいが
各地で戻る「にぎわい」も
感染悪化につながらなければと思う
検査数減で年始の感染者数は減少を示す
「だんだんよくなる法華の太鼓」に期待するが
感染死者数は1〜4日は200人超えが連続し
「段々畑」の如く積み重なり「どんどん畑」へ広がる
10日から全国旅行支援も再開される
オミクロン対応ワクチン接種も35.8％と進まない
まだまだ予断を許さない状況にある
七変化するオミクロン株の脅威は去らない

1月6日（金）

絵画巨匠の冗談コロナ　　　　　　　　ショート152

お正月は「増えるメール（フェルメール）」減る年賀状
感染者と死者の「諸（モロー）」の数字を
「見れ（ミレー）」ば見るほど
「知れ（シーレ）」ば知るほど
「見てられんじゃろ（ミケランジェロ）！」（広島弁）
「嘘（ルソー）」だと言いたくなる
こんな状況にしたのは「誰（ダリ）」だ？
誰もこの「ザ・ピンチ（ダ・ヴィンチ）」を救えない
感染者を「減らす消す（ベラスケス）」対策もない
こんなことでは第9波が「来るべ（クールベ）」
物価高で「お金（マネ）」も「もう無ぇ（モネ）」
賃上げして「くれ（クレー）」と「文句（ムンク）の叫び」
「勘弁好き（カンディンスキー）」勝手し放題で……

1月7日（土）

最強変異株出現　　　　　　　　　　　　ショート153

コラーゲンだか　クラーケンだか　どっちでも構わないが
最強で最恐の変異株「XBB.1.5」がアメリカで急速拡散
感染力や免疫回避力が最強らしい
中国では「ゼロコロナ」が吹っ飛び感染爆発
水際対策では到底防ぎきれない
日本は第8波のさなかだというのに
そのうち大編隊で襲ってくる可能性もある
各家庭では引き続き感染防衛費もかかる
「防衛増税」などと言っている場合じゃない
「感染防衛減税」が必要かもしれない
防衛が亡霊のように付きまとう昨今
最強株には最強ワクチンが必要だがそうもいかない
埼京線は今日も変わりなく走っているが……

1月8日（日）

どうする厚労省　　　　　　　　　　　　ショート154

月よりの使者は『月光仮面』だが感染死者数は増加
ところが厚労省と新聞発表では死者数に差が出る
厚労省発表は1月5日320人　6日456人　7日463人（最多）
読売新聞は1月5日498人（最多）　6日476人　7日387人
同紙では当日午後8時の人数を翌日朝刊に掲載
厚労省は死者数と重症者数は自治体公表数を調べ
新規感染者はHER-SYSに基づき午前0時人数を午後4時発表
ちなみに東京都は前日24時までのHER-SYS入力患者数を
当日の新規感染者としてホームページで公表
公表時間もあるが実態数字に差異が生じ正確性に欠ける
報告基準がバラバラの実態に戸惑う　統一基準が望ましいが
今日から『どうする家康』が始まるが「どうする厚労省」

1月9日（月）

また楽しからずや ショート155

いつもの集い　いつもの楽しさ　安心できるいつもの暮らし
それ以上　これ以上の　暮らしを望んでいるわけではない
損な生活へ突き落とし　人々から自由な活動を奪ったコロナ
やらなくなったこと　できなくなったこと　たくさんある
毎年仲間と行く花見や食事会　年7〜8回の音楽ライブ
週1回いつものラーメン屋　月1回渋谷か横浜のうなぎ屋
2年前仲の良い友人が亡くなりカラオケにも行けなくなった
コロナ4年目　私たちを取り巻く環境は厳しさを増す
物価高　エネルギー高　増してや増税も？
外出は食料買い出し程度で家から出ない日が続く
かといってダラダラ過ごしてはいない
データ収集とメッセージ創作がライフワークに
コロナが与えた使命と考えればまた楽しからずや

1月10日（火）

度々の思い出の旅 ショート156

今日から「全国旅行支援」再開　思い出の旅を挙げてみた
〈大学生時代：ハチャメチャかつ無謀な旅〉
・北海道原野風景見たさにレンタカーで友達と2人旅
　小樽を抜け暗い夜道の先で宿を見つけほっとしたことも
・パチンコ発祥地の名古屋へパチンコ目的で友達と3人旅
・長野県野尻湖英語会夏合宿後の寝袋持参の2週間1人旅
　長野→岐阜→名古屋→奈良→京都→淡路島→徳島・香川
　→愛媛→広島→博多→熊本→鹿児島→宮崎→三重→横浜
　行った先で次の旅先を決めるきままな旅　宿泊3日程度
・4年生年末年始就職先も決めず友達とヨーロッパ2人旅
　往復飛行機のみ指定　現地宿泊予約　ドタバタ旅行
　フランス、イタリア、スイスなど計6ヵ国2週間の旅

〈会社時代：転勤が旅？　勤務地11ヵ所、引っ越し10回〉
・入社後川崎時代ふと思い立ち倉敷、鍾乳洞へ突然の旅
・新婚旅行は米（サンフランシスコ、ラスベガス、ハワイ）
・1989年11月海外現地事務所視察で労働組合合同海外出張
　オーストラリア、インド他東南アジア諸国など計7ヵ国
・1994年明石工場9人制バレーボール顧問時沖縄転戦同行
・1995年広島年末年始に尾道、鞆の浦へ作詞・作曲1人旅
地方勤務時家族旅行：明石時代〜須磨、姫路、宝塚、四国へ
　広島時代〜秋吉台・錦帯橋、ハウステンボスへ

〈定年後：旅行プランは娘たち、お金は私持ち〉
定年後10年パスポート取得したが日の目を見ず
家内の卓球全国大会時に現地合流し娘2人も一緒の旅
次女は事前に「旅のしおり」や事後「旅のアルバム」作成
・2011年11月：神戸、倉敷、尾道へ
・2013年11月：小樽、札幌、定山渓へ
2014年3月ハリーポッター目的に次女を加え大阪ＵＦＪへ

1月11日（水）

華々しい川柳？　　　　　　　　　　　ショート157

今日は孫娘6歳の誕生日
花をモチーフに花々しく？　花川柳を創作
物価高　必要なのは　金銭か「キンセンカ」
帰郷「キキョウ」する　地方拡散　感染者
テレワーク　家で仕事を　「サボ（ッ）テン」
日々使用　在庫「ストック」無くなり　マスク買い
打つ手なし　繰り「栗」出す策に　行き詰まる
聞く「菊」力　検討ばかり　検討士
何点「ナンテン」だ　支持率低下　怒りそう「イカリソウ」
運べ「ハコベ」ない　賃金アップ　願い事
異次元の　少子政策　狼狽「ロウバイ」す〈少子化財源〉

1月12日（木）

課題てんこ盛り　　　　　　　ショート158

「ぜぇ　ぜぇ」咳をするのはコロナだけではない
「税！　税！」国民的議論もなく増税が決められ喘ぎ状態
「アップ　アップ」物価高や光熱費がボディーブローの如く効く
「Ｕp　Ｕp」給料の大幅上昇は期待できない
「行け　行け」インバウンド解禁し税金投入の旅行支援
「ドン　ドン」行動範囲が広がれば感染も広がる
「ちぐ　はぐ」な対応のツケは全部病院へ
「維持　維持」うじうじ手を打ってこなかった少子化対策
「異次　異次」元となる財源や幅広い施策は見えてこない
現金給付だけで子どもは増えない　様々な要因や問題がある
子育て教育費用　未婚率上昇　家庭仕事両立困難　男性育休……
課題はてんこ盛り　消化もできない　支持率低迷の政府は……

1月13日（金）

次々控える諸問題　　　　　　　ショート159

コロナ禍で定着したテレワークがオフィスビルに影を落とす
都心の人口流出に加えオフィス縮小や解約で供給過多
更に都内各所の再開発によりビルが大量供給
オフィス空室が増える「2023年問題」
いつまでもオフィスにこだわるとにっちもさっちもいかない
用途を変え活性化につなげる「コンバージョン」も広がる
更にその先の超高齢化社会の「2025年問題」も迫る
2025年には約800万人の団塊世代が75歳になる
国民の4人に1人が後期高齢者となる
医療・介護整備　社会保障費増大・不足　人材不足が予想
それに対し2022年の出生数は80万人を下回る見通し
逆ピラミッドはすぐに倒れ年金問題にも直結する
悩める諸課題が目白押し　どうする政府？

1月14日（土）

傍観者　　　　　　　　　　　　　　ショート160

『おどるポンポコリン』ではインチキおじさんが登場
コロナ第8波では最強と言われる変異株が登場
通称クラーケンと呼ばれる「XBB.1.5」
1月12日東京都では既に15件が確認されている
オミクロン変異株が入り乱れての第8波となる
病床使用率は1月13日時点で34都府県が50％超え
感染死者数も一日500人超えのいまだかつてない水準へ
インフルエンザも13日に46都道府県が流行の目安を超える
旅行支援などやっている場合じゃないと思うが
何も手を打てず「ただ見てるだけ」の状態が続く

1月15日（日）

あれから3年　　　　　　　　　　　ショート161

「石の上にも三年」だが初感染確認から3年が経つ
ところが現在も第8波の真っただ中
累計感染者はこの3年間で3,100万人を超える
このうち約2,950万人はオミクロン株主流の昨年1月以降
累計死者数は1月8日に6万人超え
このうち1万人はこの1ヵ月余りで急増一日500人超えも
第8波では死者数の約9割超が70歳以上
高齢者施設クラスターは昨年11月以降約6,000件
感染拡大に伴い入院患者が増え医療を圧迫している
救急搬送困難事案も昨年末から3週連続で最多更新
オミクロン株対応ワクチン接種は12日37.8％と伸び悩む
中国の感染爆発　アメリカで約4割「XBB.1.5」の脅威
「これでいいのか？」ウィズコロナ

1月16日（月）

どんだけ～

世の中には見えるものと見えないものがある
ふと見過ごしてしまうことでも見える人には見える
自分には価値があっても他人にはゴミとしか映らない
コロナで言えばウイルスは誰の目にも見えないが
日々感染者発表の裏で「隠れ感染者」もいる
検査や受診しない人や感染報告しない人が増えている
「どんだけ～」いるかＩＫＫＯにわからない
見えてはいるが見えていないものもある
看護師不足で使用（しよう）がない幽霊病床もある
人はややもすると傍観者になりがちだが
興味や関心がないと見えるものも見えなくなる
自分の見方を変えれば見えないものが見えてくる

1月17日（火）

無い時こそチャンス

今回は続編開始後メッセージと合わせ100編目となる
いつもの飲食店に久しぶりに行くが店が無い
ドラッグストアに解熱剤を買いに行くが薬が無い
そんな体験をした人も多いことだろう
必要な時に必要なものが手に入らない
いつまでもあると思うな　店とモノか？
更に話を進めれば「均衡」が大事
マスクが無い時は大変　今では在庫が有り余る
ワクチンも同様　今では余って廃棄せざるを得ない
「不足と余剰」言い換えれば「需要と供給」
両者のバランスが崩れれば支障が生じる
ＡＩも需要や感染予測などに活躍する時代
しからば無い時にどう対策し動くかが鍵となる

1月18日（水）

意識の変化

社会経済活動は一見すると日常に戻ったと見間違うが
感染者数は高止まり　死者数は過去最多を更新する
医療や救急体制は常に赤信号の状態が続き
必要な人に必要な治療がタイムリーに受けられない
コロナへの意識は変化したのだろうか？
コロナに対する不安感は世代間で差が出てきている
若い世代での不安感は下がってきているとのデータもある
ワクチン打って薬もあって一安心　風邪程度の感覚なのか？
高齢者には感染重篤度が高く安心は程遠い
政府の経済優先対応にも不安や不信感が付きまとう
コロナとの共生は強制ではないが
自粛の枠組みからなかなか抜け出せない自分がいる

1月19日（木）

一休でひと休み？

1月19日は119となるが「119番の日」は11月9日
19日は「一休」でひと休みだが119番で19（いく）ことにした
当初ダイヤル式電話で「112番」だった
かけ間違い回避のため「119番」にしたとのこと
救急相談センターの「＃7119」もある
119番は台湾　韓国　インドネシアの3ヵ国のみ
1月15日までの1週間の救急搬送困難事案は8,161件
4週連続最多の虚しい事実　119番も鳴りやまない
一刻を争う救命救急がその体をなしていない
昨年末には救急車の居眠り横転事故まで起きている
約17時間ぶっ通しの出動がその理由　現場も疲弊している
なのに政府や自治体からはその対策が聞こえてこない

1月21日（土）

疑問符のセットメニュー　　　　　　ショート166

「2類相当から5類へ引き下げ」と「マスク緩和策」
政府は20日セットで今春に移行する方針を決定
議論は良いが歓迎と不安の声が交錯する
重症化率や致死率低下だが死者数増で高齢者リスク変化せず
感染者は減少傾向を示すが救急搬送困難事案は急増中
免疫逃避性が高い「XBB.1.5」の脅威で第9波も？
感染者7日間療養　濃厚接触者5日間待機の制限も無くなる
国や自治体要請は無くなり公費負担段階的縮小を検討
水際対策にも大きな影響を及ぼす
「マスク不要」と言われてもすぐに外せるものでもない
方針先走りで根拠に基づいた具体策となるのか？
不十分な説明の繰り返しで共感を伴わない話になるのか？
疑問符の付くセットメニューで混乱も予想される

1月22日（日）

5類移行問題考　　　　　　　　　　ショート167

〈5類引き下げデメリット〉
インフルの季節性に対しコロナは年がら年中で後遺症も
コロナ患者は適切な治療がますます受けられず
一般医療機関は新たな対応を迫られコロナ対応困難へ
そのしわ寄せは救急医療や更なる救急搬送困難へ
その図式は感染拡大→重症者増大→死者増加
待機制限がなくなった濃厚接触者や隠れ陽性者が市中へ
窓口負担増や治療薬・入院費用高額で受診控えに
病床はコロナ以外の疾患で埋まりコロナ病床確保困難へ
ワクチン接種率が低迷し感染免疫が減退する
水際対策はフリーパスで新たな変異株が市中へ流入
5類引き下げ後感染爆発が懸念される

110

〈5類引き下げメリット〉

政府はコロナ対策から解放される

各自治体や保健所の負担は大幅に軽減される

無駄な検査や病床が減りコロナ対策支出が減る

医療機関はコロナ以外の患者に傾注できる

濃厚接触者は社会活動を継続でき社会経済は回る

観光業界などはインバウンド増加による業績回復に期待

〈5類が与える意識変化〉

政府は「国民の予防意識に任せるしかない」と考えるか？

高齢者にとってのリスク変化はなく不安がかえって増大か？

若い人たちは「コロナからの解放」と受け取るか？

医療関係者は激務への変化は無いと感じるか？

経済界や観光・飲食業界は本格的回復を期待する

ウィズコロナに変わりはないが……

今まで以上に個人個人の感染対策が求められる

1月23日（月）

コロナの「いろは」　　ショート168

コロナに3年付き合うと「コロナ慣れ」が生じるが

168編を迎え物事の基本の「いろは（168）」を考えた

人とは疎遠になるが接触さえしなければ感染は防げる

マスクは万能ではないが

手洗いやうがい共々基本対策は欠かせない

適宜な睡眠と体力維持が大切になる

ストレス対策も重要　病気は気の病からもやって来る

コロナは社会経済に影響を与え時代を変容させていく

い：いつもの日常の大切さを思い知らされる

ろ：老若男女に感染は忍び寄り特に高齢者のリスクは大

は：始まりは中国　化けるが如くコロナは次々変異する

できないことを考えるのではなくできることを探そう！

1月24日（火）

防衛すべきは？

政府は異次元の少子化対策や５類への引き下げを検討
ところがどすこい　それどころではない
物価は昨年から今年にかけても跳ね上がり
収入は増えずエンゲル係数は引き上げられる
電気・ガス料金高騰が家計を直撃している
４月以降は更なる電気料金の大幅値上げも予想される
政府１〜９月の負担軽減策値下げ分は吹っ飛ぶ
生活の切り詰めが子どもの習い事削減・中止にまで及ぶ
防衛増税などと言っている場合じゃない
コロナ＆インフルエンザ防衛　家計防衛で精一杯の現実
少子化どころか笑止千万　こっちの方が異次元だ
先行きは「暗い税（くらうぜぇ）」が待ち構えるか？

1月25日（水）

５類見直し再考

インフルエンザとコロナはまったく同じではない
致死率が同等でも感染力　治療薬　季節性　後遺症で相違
５類前提でなく４・５類中間の新カテゴリーと考えるべき
本問題は単に５類の話ではなく編入しても問題は解決しない
ウィズコロナ時代にあり社会経済教育を日常に戻す上で
ひっ迫を起こさない高齢者を守る医療体制議論が求められる
言い換えると５類の枠組みからはみ出す問題対応が必要
一般病院連携　救急医療仕組み再考　高額医療費負担……
このまま５類編入になれば一定の死亡者容認にもつながる
価値観の問題か？　最後は「自分は自分で守る」になる
コロナウイルスは進化し変化しその速度も速い
免疫逃避性や感染力最高の「XBB.1.5」も出現
ワクチンは追っかけ対応　副反応や年何回接種かの問題も

1月27日（金）
　政府はコロナ「5類引き下げ」5月8日移行を正式決定
　・スポーツイベントやコンサート収容人数制限は27日から撤廃
　　（大声ありの場合収容率上限50％を撤廃）マスク着用は継続
　・医療費やワクチン接種の公費負担は段階的に縮小
　・コロナ患者に対応する医療機関を段階的に拡大
　・医療費公費負担と医療提供体制は具体的方針を3月上旬決定
　・マスク着用は屋内外問わず個人の判断に委ねることを基本
　　見直し時期を含め考え方を早期に示す
　・感染者全数把握を終了し定点把握に移行（感染者届出不要）
　小中学校子どもの3月までマスク着用案のルールは継続検討
　移行前に改めて専門家の意見を聞いた上で最終確認
　なお、5類になれば感染者や濃厚接触者の自宅待機はなくなる
　入院勧告・指示や緊急事態宣言などの行動制限はできない
　飲食店の営業制限は法律上適用されないことになる

5類移行日決定だが？　　　　　　　　　　ショート171

政府は5類への移行日を5月8日に決定
本来ならば具体策や内容を決めてからの工程表となるが
防衛増税の如く先に額ありきで内容は後回しの論理？
先に移行日を決定したが内容は無いようで継続検討ばかり
高齢者や介護が必要な感染者の対応や病院のあり方は？
ある程度の犠牲や自宅での死亡は仕方がないとするのか？
救急医療ひっ迫状態の改善をどうするのか？
マスク着用は今後個人判断に委ねられるが？
新変異株出現時に迅速な変更や対応が可能なのか？
5類にしたところで感染者や死亡者が減るわけではない
コロナ診療の一般医療機関が簡単に増えるとも限らない
急激かつ大幅な緩和は最悪の状況を招くかもしれない
決定すれば後には引けずそのツケは国民に回ってくる
果たして国民のコンセンサスは得られるのだろうか？

1月28日（土）

類は友を呼ぶ ショート172

魚類　親類　誤類とは？
ギョッと驚く身近なコロナは誤った5類になるのか？
インフル　コロフル　フルロナへ
類は友を呼んでしまった
私としては同類に反対であったが……
マスクで口を塞ぎたくなる
トラベル　トラブル　まだやっているが
どこにも行けない　行かない　小さな世界
年金上がらず　物価高や電気ガス代高騰が生活を苦しめる
取り巻く壁はどんどん壊され　その上寒波も訪れる
高齢者や基礎疾患を有する人はブルブル震えが止まらない
何という住みにくい世界になってしまったのか

1月29日（日）

時代の証人 ショート173

「十年一昔」の如く　時代を10年毎に区切ってみよう
それぞれの時代を振り返ると違った音を奏でている
その人にとっていい時代もあれば　苦しい時代も
苦しい時代も後になって考えるとよき時代に思えることも
限られた時間の枠の中で悔やんでみても仕方ない
どう生きるかではなく　生きていかねばならない
技術は時代の最先端を走り続けている
以前無かったモノが今は有る　またその逆もある
便利になったかどうかは二の次だが
進むスピードが速くてついていけない時もある
それでも立ち止まることなく
「一歩一歩進めばいい」と自分に言い聞かせる
時代の証人としてコロナメッセージを書き続ける

異次元発言　　　　　　　　　　　　ショート174

「異次元」の言葉が頭から離れない

「猿の小便（気・木にかかる）」

うじうじ　いじいじ　なかなか前に進めない政府

局面打開「異次元の少子化対策」発言だったのか？

批判逃れか次なるは「次元の異なる」に修正発言

「異次言（元）」の説明不足で意味不明

少子化具体策は後回しで財源の裏付けもない

目玉となる政策だが東京都に先走られ面目丸つぶれ？

方針ばかりが先立ち　放心状態に陥るばかり

「鐘つきの昼寝（一言もない）」

抽象的かつ概念的でわからない四次元の世界に突入か？

コロナでは異次元の救急・放置患者

この１ヵ月で死者数は１万人を超える

異次元状態なのに「袖口の火事（手が出ない）」

〈１月末世界の動き〉

・ＷＨＯは１月30日に2020年１月宣言した「国際的に懸念される公
　衆衛生上の緊急事態」を継続する方針を発表
　（27日時点：感染者は７億5,251万人超、死者は680万人超）

・韓国では30日から「室内マスク着用義務」を「勧告」に２年３ヵ
　月ぶりに引き下げる（病院・公共機関では着用義務とする）

・米政府は１月31日「公衆衛生上の緊急事態宣言」および「国家非
　常事態宣言」を５月11日解除する方針を発表
　（米国累計感染者は約１億200万人、累計死者数は約110万人）

【2月1〜28日】

　第8波の感染者数はどこまで減少するのか？　今月上旬には東京で花粉飛散開始の報道がある。救急搬送困難事案とインフルエンザの状況はまとめて月末に記載する。

　2日東京都は医療提供体制の警戒レベルを昨年12月22日以来約1ヵ月半ぶり、最も深刻なレベルから1段階引き下げると発表。

　3日岐阜県は国基準の「医療ひっ迫防止対策強化宣言」を5日で終了すると発表（1月23日から2月12日まで延長中）。防衛省はワクチン大規模接種会場を3月から縮小・閉鎖を検討。飲み薬「ゾコーバ」は昨年11月承認から2ヵ月余り経つが、医療現場では患者への処方が広がっていない（200万人分確保、使用は2万人以下）。

　4日までの1週間平均感染者数は東京3,365人（67.5％）大阪2,934人（71.1％）、全国4万3,231人（71.0％）。

　6日トルコ南部を震源とするマグニチュード7.8の「トルコ・シリア地震」が発生（その後、死者は5万人を超える）。

　7日政府は新型インフルエンザ特措法（自治体などに「指示権」を行使）および内閣法（「内閣感染症危機管理統括庁」を設置）を改正する法律案を閣議決定する。国内累計感染死者数がこの1ヵ月で1万人増え7万人を超える（厚労省データでは9日）。

　9日東京都は感染状況の4段階レベルを上から3番目に1段階引き下げる。厚労省は5類移行時「全数把握」を廃止し、約5,000ヵ所の指定医療機関報告「定点把握」（週1回公表）へ変更を決定。

　10日政府はマスク着用を個人の判断に委ねる新たな指針を正式決定（2月10日記載）。厚労省分科会はワクチン接種後死亡10人へ死亡一時金など支給決定（国の救済制度適用は計30人）。厚労省はモデルナ従来株対応ワクチン約4,610万回分を有効期限切れで廃棄と発表。静岡県は国基準の「医療ひっ迫防止対策強化宣言」を終了し、2月11日から県独自の「医療ひっ迫警報」に切り替える。

　11日までの1週間平均感染者数は東京2,140人（63.6％）大阪2,130人（72.6％）、全国3万1,388人（72.6％）。

　13日厚労省は昨年11〜12月抗体の有無の調査で東京都や大阪府で

は感染抗体が約３割と判明（欧米より低水準）したとのこと。

14日東京都は飲食店でのマスク着用徹底について来月13日以降は店や客の判断に委ねると発表。５類移行後は保健所の健康観察、宿泊療養施設、無料検査・キット配布など終了。陽性者登録センターも廃止。ただし、高齢者医療提供体制は維持する。

15日気象情報会社「ウェザーニュース」は九州から関東の21都県で花粉シーズンに入ったと発表。

16日東京都は医療提供体制の警戒度を下から２番目の「通常医療との両立が可能」に１段階引き下げる。厚労省は新型コロナウイルス感染症の名称を「コロナウイルス感染症2019」へ変更を検討する。時事通信10〜13日世論調査の内閣支持率は27.8％、不支持率42.2％で、政権維持の危険水域とされる30％割れは５ヵ月連続になる。

17日デジタル庁はCOCOA（接触確認アプリ）について一定の効果があったと評価する一方「開発と運用体制が不十分」とする総括報告書公表。斉藤国土交通相は全国旅行支援が年度内実施できる見込みで各都道府県の予算が残る場合は４月以降継続との考えを示す。

18日までの１週間平均感染者数は東京1,367人（63.9％）大阪1,320人（62.0％）、全国２万40人（63.8％）。

19日読売新聞の調査によるとコロナ後遺症に対応する医療機関を公表している都道府県は４割（19都府県）にとどまる。後遺症の原因はわかっておらず、治療は対症療法が基本とのこと。

21日定期航空協会は航空機内および空港内の利用客・航空会社従業員のマスク着用を３月13日より個人の判断に委ねる考えを発表。

22日厚労省はワクチン接種を2024年３月末まで１年間延長し、高齢者などは５月と９月開始の年２回、以外すべての人を対象に９月から年１回接種を基本とする方針。同省専門家組織は「BQ.1」が４割で、「BA.5」を上回るとの推計を発表。「BA.2.75」も増加傾向。塩野義製薬は「ゾコーバ」の後遺症が45％低減の調査結果を発表。

24日大阪府は「大阪モデル」黄から緑（警戒解除）へ引き下げる。

25日までの１週間平均感染者数は東京976人（71.4％）大阪859人（65.1％）、全国１万3,675人（68.2％）と減少傾向が続く。

〈救急搬送困難事案の状況（内数）〉（週1回火曜日公表）

　2月5日までの1週間は4,724件（東京2,199件）。12日までは4,649件（東京2,220件）。19日までは4,082件（東京2,012件）。26日までは3,474件（東京1,716件）に上る。

〈インフルエンザの状況（内数）〉（週1回金曜日公表）

　1月29日までの1週間は5万1,219人（前週約1.1倍）。流行入りレベル32県、注意発表レベル14県、警報発表レベル1県の状況に。2日東京都は「流行注意報」を3シーズンぶりに発出。3日厚労省は流行が全国で「注意報」レベルと発表。2月5日までの1週間は6万2,583人（東京4,033人、大阪8,913人）で、10週連続の増加。12日までは6万3,786人（東京4,008人、大阪8,381人）。19日までは6万2,101人（東京4,138人、大阪6,584人）。

2月3日（金）

マスク論議　　　　　　　　　　　　　　　ショート175

マスクは個人の判断が基本とされたが
卒業式を控え着用か緩和か議論が白熱している
答辞や合唱　出席者は？　更に入学式は？
「いやまだ決めていない」と釈明
学校現場の混乱も予想される
ああ言っても　こう言っても批判　結論は持ち越し
公共交通機関や百貨店　更に各企業はどうするのか？
電車内呼びかけや接客対応など現場は悩む
マスクは感染予防効果がありこの時期インフル対応も
一方　顔が見えない　子どもの変化もわからない
マスクを外せばマスクしている人から睨まれる
高年層はマスク緩和に不安を覚える人も多い
中途半端なガイドラインはトラブルを生みかねない
小中高校は政府お得意の各教育委員会任せにするのか？
ところでツイッターCEOのマスク氏辞任はいつなのか？

2月4日（土）

あの日のことが……　　　　　　　　　　ショート176

横浜港ダイヤモンド・プリンセス号を思い出す2月
想定外の出来事となりあれから3年が経つ
この間第8波までの波状攻撃にさらされ
ウイルスの恐さを思い知らされる
家での生活は「ルーズ」な自粛ではないが
政府への信頼は「狂うず」（狂う複数形）
緩和策はなかなか結論が出ずスイスイと事は運ばない
そのうち第9波の荒波が押し寄せる懸念もある
このままコロナの波の航海を無事に抜け出せるのか？
いろいろなことが思い出される日となった

2月5日（日）

続マスク論議　　　　　　　　　　　　　ショート177

マスクメロンは甘いが　マスク緩和は甘くない
「マスク着用　みんなで外せば怖くない」とはいかない
小中高校の卒業式や入学式について
「着用を推奨しない」方針案を政府は検討中
学校現場は緩和に慎重意見も根強いとのこと
イベント声出しはマスク着用が求められているので
校歌斉唱時との整合性も必要になる
子どもの声は「外すのは恥ずかしい」「外すのは怖い」
「着けたり外したり面倒くさい」「まだまだ不安だ」など
親の声は「入学時からコロナ禍でマスクを外してあげたい」
保護者の人数制限はなくなりマスク着用での参加だろう
個人判断も難しい　家庭や学校現場も困っている
強制もできず「安全と安心」確保が必要となり
結局結論は状況や場面に応じたマスク着脱か？

２月６日（月）

バランス考 　　　　　　　　　　　　　ショート178

パワーバランス　需要と供給　テミスの天秤

世界はすべてバランスで成り立っているのだろうか？

気候変動もバランスが崩れた結果か？

少子化問題や物価高・賃金問題もバランスに直結する

政府の政策判断にも公平・平等が求められる

経済とコロナもバランスが大事

一方的な経済優先政策は感染拡大を引き起こす

マスク緩和や５類引き下げも然り

急激な変化は急流となり防波堤を破壊する

３億円宝くじも当たらない方が幸せかもしれない

２月７日（火）

大事件から大問題まで 　　　　　　　　ショート179

次々と起こる凶悪な広域強盗事件　殺人までも

詐欺は手っ取り早い強盗へ行動変容する

実行犯は闇バイトで募った素人たち

社会を脅かすのはコロナだけではなかった

『ウォーリーをさがせ』どころの問題ではない

「ルフィやキムを探せ」フィリピン収容所から遠隔悪事

７日２人を強制送還　残る２人も即日　全容解明となるか？

かくいう私も２階就寝中２回泥棒に入られた

犯人は検挙　盗まれたお金は戻らず「罰で償う」そうだ

防衛問題より身近な防犯対策が先決問題

電気代高騰も国民生活を脅かすが

再生可能エネルギーや原発問題につながる

ガソリン車の「排気」は環境問題につながるが

大量購入のワクチン「廃棄」も隠れた大問題なのだ

2月10日（金）

〈マスク着用に関する新たな指針〉

・国民への周知や事業者の準備期間を考慮し3月13日より適用

・基本は個人の主体的な選択を尊重し着用は個人判断に委ねる

・マスク着用に関する指針

　①医療機関受診時、高齢者施設訪問時、混雑した電車やバス乗車時

　　（全員着席可能な新幹線、高速・貸し切りバス不要）

　②重症化リスクの高い人が流行時混雑した場所へ行く時

　③症状がある人や同居家族に陽性者がいる場合の外出時

・学校教育活動では4月1日以降基本的にマスク着用を求めない

　卒業式は「着用せず出席」が基本（着脱を強制しない）

　（国歌斉唱や合唱は除く、保護者や来賓は着用、人数制限不要）

　保育所、認定こども園は着用を求めない

・事業者が利用者や従業員に着用を求めることは許容

2月12日（日）

マスクで川柳　　　　ショート180

マスクに関する川柳を創ってみた

個人へと　国の責任　転嫁する

子どもたち　個人判断　親決める

マスク取り　初めましてと　共（友）に言う

「もういいよ」　とか言われても　増す悩み

様子見か　人のふり見て　する？　しない？

入り交じる　マスク有り無し　増す苦なる

「マスク無し」　マスクを着けて　議論する

節分の　鬼にマスクは　いらないよ

脱マスク　社会の動き　乗り遅れ

昼間乗る　まぁ空く電車　マスクせず？

空を飛ぶ　花粉の季節　インフルも

レジそばの　マスクの山に　見向きせず

作り過ぎ　余剰在庫に　値段下げ

2月14日（火）

とんでもない三重苦　　　　　　　　ショート181

義理チョコ　世話チョコ　自分チョコ
義理チョコが激減し自分チョコが増加
思えば会社員時代　お返しはちょこっとどころか数万円
当時は「倍返しor 3倍返し」
義理チョコ文化衰退は大賛成
家族・友達間や本命だけでいい
人は「流行に乗りやすい」と言えるが
「流行は一時的で覚めやすい」とも言える
流行と言えばインフルエンザが拡大している
コロナ第8波がようやく減速してきたというのに……
更には花粉が飛んでくるとんでもない季節
「インフルと花粉とコロナ」
飛んだ三重苦　悩みはつきない

2月15日（水）

低点観測？　　　　　　　　　　　ショート182

感染者数は「定点把握」へ移行方針が決定されたが
正確に言えば「低点観測」にほかならない
「聞くだけ　見るだけ　検討する」一層曖昧になり
時間ばかり要し決断は遅くなる
「時は金なり」多額のお金を浪費しているのだ
課題は把握後どうするかだが
1週間に1度の報告では手遅れになる
感染急拡大は時を待ってはくれない
ピークが来てから注意喚起では意味がなくすべて後追い
ハクションではなくアクションが大事なこと
一般的に薬は進行を止めるものと治癒するものがある
せめて感染拡大を止めることを第一に考えるべきでは

2月16日（木）

フルロナ同類問題　　　　　　　　ショート183

今日から確定申告が始まり午前中に税務署へ
既にコロナは5類移行が確定している
インフルと同類になり「同類相憐れむ」か？
けれどお互い相容れず相違がある
コロナは発症2〜3日前から他人へ感染させ
感染しても無症状の人が多く後遺症も発症する
感染者数はインフルの比ではない
コロナの受け止め方にも相違がある
子どもには遊びや会話を遮断するやっかいな嫌いな存在
若い人にはかかっても風邪程度の軽い存在
高齢者には他の疾患にダメージを与える怖い存在
今更申告しても仕方がないことはわかっているが……

2月18日（土）

コロナの責任とは？　　　　　　　　ショート184

マスクは感染防御の武器であるが
「個人判断」に着用を委ねることは
感染すれば「個人の責任」になるということ
マスクを外し行動した結果の感染責任は個人が取ることに
高齢者への感染は重症化リスクが高く
マスクはそう簡単に外せないだろう
ところが5類移行に伴い感染実態が見えにくくなる
「どうする家康」もとい「どうする高齢者？」
政府には「感染被害を最小限に抑止する責任」や
「国民の生命を守る責任」があるが経済優先に走る
これまでの自宅放置や救急搬送遅れでの死亡は見過ごせない
感染者や死亡者が増加しても「見て見ぬ振り？」
無責任以外の何物でもない

2月26日（日）

どうするワクチン接種？　　　ショート185

高齢者へのワクチン接種が年2回となる
打っても　打っても　終わらないワクチン接種となるのか？
このままいったらワクチン漬けになる
ワクチンは重症化リスクを抑制するが
接種は感染リスクとの相関関係にある
感染者が静まればリスクは低くなり
外出を控えれば感染機会も減る
そうなれば当然接種は減ってくる
接種が有料化になれば「節種」で節約に？
感染者が大幅に増加すれば再検討するかもしれないが？
消えない消せない　コロナの存在　ぞんざいにはできない
コロナとの付き合いが長くなる覚悟をしなければならない

2月27日（月）

いつか　きっと　　　ショート186

いつの日か　たどりつく　普段と変わらない日常
「まだ……まだ……やって来ない」
道は遠くても　明日は今日と違う一日
コロナに悩まされる日々のなか
玄関先のすき間花壇に咲く鮮やかな青紫色
春の訪れの「ムスカリ」に気が付く
力強く生き続けている
西洋では「絶望、失望、失意」の意味がある一方
日本では「通じ合う心、明るい未来」の意味がある
残された時間を削り取られる想いもあるなか
メッセージを創り続ける想いも一層強くなる

2月28日（火）
第8波振り返り

213

昨年11月第7波が引き静まらないうちの第8波到来

変異株「BQ.1系統、XBB系統」が「BA.5」に入り混じる

11月15日全国感染者数が2ヵ月ぶり10万人超え

12月21日20万人超え　年明け6日24万人超えのピーク

第7波最多約26万人を下回るが報告数に疑問が残る

東京12月27日2万2,063人　大阪1月7日1万6,686人がMAX

オミクロン株での重症化率や致死率は低下傾向を示すが

第8波感染死者数はかつてない水準　1月は初1万人超

9割超が70歳以上を占め過去最多は1月13日523人

中等症で基礎疾患のある人の死亡が目立っている

死者数から類推すると「隠れ感染者」が指摘される

検査や受診しない人や感染報告しない人も増えている

救急搬送困難事案は1月15日の週まで4週連続最多更新

11月以降は高齢者施設クラスターが顕著となる

インフルの波と物価高の波に飲み込まれる

「全国旅行支援」は割引率下げ1月10日再開

感染者増加でも「やるんだぁ」ちぐはぐ感はいなめない

マスク着用は3月13日から「個人判断」へ

感染症法上5類への引き下げは5月8日移行と決定

オミクロン株対応ワクチン接種は2月末43.7％と低迷

内閣支持率も低迷を続け3割を切る事態にも

政府が11月11日決めた新たな仕組みも2県のみ適用

経済優先内閣はコロナ緩和に向かって突き進む

※追記：2023年6月29日厚労省は2022年11月〜23年1月末に自宅で亡く
なったコロナ患者が少なくとも1,309人（70歳以上8割超）に上ったと発表

【3月1〜31日】

　3月上旬に5類移行後の具体的な医療体制や支援策が示される。コロナ対策をめぐる大きな転換点ともなる。13日からはマスク緩和となる。コロナ問題以外でも様々な問題がある。少子化問題は危機的な課題。2022年出生数は統計開始以来昨年比5.1％減の79万9,728人の初80万人割れ。今月の値上げは3,442品目が予定され、18日から首都圏鉄道各社がバリアフリー化での運賃一斉値上げ。また、東京五輪・パラリンピックに汚点を残す独占禁止法違反で先月28日に電通グループなど6社と7人が起訴され一連の捜査が終了した。

　1日からは中国からの入国者全員のPCR検査をやめ、サンプリング検査へ切り替わる（出国前の陰性証明は継続）。クルーズ船の日本来航が約3年ぶりに再開される。

　2日5類移行後の医療体制・公費支援内容が明らかになり、10日政府対策本部で決定（3月10日記載）。

　3日政府は「孤独・孤立対策推進法案」を閣議決定する。長引くコロナ禍で深刻となった“孤独・孤立”の問題に対し、国や自治体の役割を明確にし、予防的な取り組みなどを強化するもの。国会提出し成立後来年4月施行。鹿児島県でオミクロン株派生型「XBB.1.5」1人初確認。

　4日世界のコロナ死者数687万人（日本7万2,798人）となる。

　5日東京マラソンが4年ぶり開催される（参加者3万8,228人）。

　7日厚労省専門部会は65歳以上の高齢者や基礎疾患を持つ人を対象に、5月8日からワクチン接種を開始する方針を正式決定。2024年3月まで「臨時接種」延長、以降定期接種移行も検討。5〜11歳は3月8日から2回従来型接種終了者を対象にオミクロン対応の追加接種を認める。三重県でオミクロン株の新変異株「CH.1.1」系統5人が初確認。東京都は上野公園など都立公園でのお花見宴会を4年ぶりに認める。

　8日クルーズ船受入再開後「ダイヤモンド・プリンセス」が初めて神戸港に入港。厚労省は塩野義製薬「ゾコーバ」（約5万1,850円）と米ファイザー「パキロビッドパック」（約9万9,000円）の保険適用を

決定（5類移行後当面無料を継続）。

9日和歌山県アドベンチャーワールドのライオン2頭が1月にコロナ死と発表。高齢で基礎疾患があり肺炎を発症、飼育員から感染したと推測される。

10日自衛隊大規模接種会場（東京・大阪）は今月25日終了決定。

13日厚労省は「新型コロナウイルス感染症」の名称が国民に定着していることや警戒感が緩むことを懸念し変更しないとのこと。

14日暖房機器メーカー「コロナ」が厚労省に新型コロナの名称変更を要請。東京は全国で最も早い桜の開花を発表する。

15日厚労省分科会はワクチン接種後死亡11人へ死亡一時金支給を決定（計41人）。高知県で「BA.5派生型BF.7とBF.11」が初確認。

17日WHOは新型コロナウイルス感染症の脅威は今年中にインフルエンザ並みに落ち着く可能性があるとの見解を示す。京都府と静岡県では「XBB.1.5」が初確認。厚労省は22日から医師処方の上でファイザー製「パキロビッド」の一般流通開始を明らかにする。

18日ワクチンは今年2月までに少なくとも7,783万回分が使用されず廃棄されたとみられることが判明。有効期限切れが主要因で約9％、約2,120億円となる。今後も増える見通し。

19日世論調査が出揃う。朝日新聞内閣支持率40％（＋5P）不支持率50％（－3P）、読売新聞支持42％（＋1P）不支持43％（－4P）、毎日新聞支持33％（＋7P）不支持59％（－5P）。藤井聡太竜王が棋王戦奪取で史上最年少6冠達成。

21日厚労省調査で過去の感染を示す抗体を持つ人が2月は42.3％（前回昨年11月28.6％）となった。16～19歳では62.2％だが、60代は28.3％と低い。欧米に比べて低い傾向は続いている。

22日東京の桜は満開。WBC決勝戦は3対2でアメリカに勝利。大谷翔平選手がMVPになる。東京都は「全国旅行支援」と「都民割」を6月まで延長と発表（GW期間対象外、予算達し次第終了）。大阪府は5類移行に伴い「大阪モデル」、ホテルでの宿泊医療体制、自宅療養者への配食サービスなどを終了すると決定。5月8日から9月末までを「移行期間」とし5,000床ある確保病床は重症患者や妊婦など限定し徐々に減らしていく。

23日東京都の２月28日から３月６日まで１週間のゲノム解析結果によるとBA.5は24.4％（前週－8.9％）、BN.1は21.8％（＋7.7％）、XBB.1.5は15.8％（＋8.9％）とオミクロン株亜系統へ置き換わる。パーテーションに関し専門家有志らが提言「感染対策としての効果は限定的とした上で、検証し効果を評価することは困難」。

　24日大阪府や埼玉県で４人「サル痘」感染が判明。今年に入り55人で患者報告が増加（昨年７月初確認後63人）。

　28日ＷＨＯはワクチン接種指針を改定。健康な成人や子どもには定期的な追加接種を奨励しない。接種推奨は高リスク者のみとした。

　29日ワクチンは2022年３月末まで約8.8億回分確保し、接種事業支出総額は４兆2,000億円、会計検査院は政府契約の算定根拠が不十分と指摘。オミクロン株対応ワクチン接種は28日現在44.6％となっている。プロ野球は30日パリーグ、31日セリーグが開幕する。

〈感染者数の１週間平均状況（前週比）〉
　３月４日までは東京839人（86.0％）大阪685人（79.7％）、全国１万220人（74.7％）。11日までは東京762人（90.8％）大阪508人（74.2％）、全国9,265人（90.7％）。18日までは東京666人（87.4％）大阪407人（80.1％）、全国7,378人（79.6％）。25日までは東京676人（101.5％）大阪407人（100％）、全国6,762人（91.7％）。30日現在東京は再び増加傾向に（８日連続前週同曜日上回る）。

〈救急搬送困難事案の状況（内数）〉
　３月５日までの１週間全国3,510件（東京1,718件）。12日までは3,385件（東京1,733件）。19日までは3,189件（東京1,597件）。26日までは3,254件（東京1,778件）。

〈インフルエンザの状況（内数）〉
　２月26日までの１週間５万5,873人（東京3,499人、大阪4,377人）。３月５日までは５万235人（東京3,436人、大阪3,085人）。12日までは５万4,796人（東京4,286人、大阪2,465人）。19日までは４万1,319人（東京3,140人、大阪1,554人）。専門家によると６月まで要警戒。26日までは３万1,760人（東京2,139人、大阪958人）。

3月1日（水）

桜の季節到来だが？　　　　　　　　　　ショート187

3月は March（待ち）に待った桜の季節
桜に関する楽曲は数多くある
あのフーテンの寅さんも言っていた
「2階（貝）の女が気（木）にかかる」
「櫻（桜）」の開花が March（待ち）遠しい
昨年は学生時代同期5人と花見に行ったが
第8波では昨年と異なり高齢者重症化リスクが増大
感染は下火になり誰しも考えることは同じで
今年の花見は大密になる可能性もある
「行くか？　行かざるべきか？」
悩みがまた一つ増えることになる

3月2日（木）

なるようにしかならない　　　　　　　　ショート188

医療体制は5類移行で通常保険診療へ切り替える方針
「いかんわ（いい緩和）」とは言い難いが
医療は「いいように」変わってしまう
マスクも「とってもいい」とは思わないが
「取ってもいいよ」と言われても抵抗がある
ワクチンも打つか悩むと「うっとうしく」なり
「打つ（鬱）病」になりかねない
医療　マスク　ワクチンはなるようにしかならない
心配したところでどうにもならず
文句を言っても仕方ない
考え過ぎ　心配し過ぎは心にも身体にもよくない
「スギの花粉」も大量に飛んでくる
今日よりも明日　明日よりも明後日
良くなることを信じて

129

3月4日（土）

健康考　　　　　　　　　　　　　　　　　　　ショート189

人間ドックは毎年受けているが
年を経るごとあちこちに危険信号が点滅する
初めに「歯　耳　目」記憶力もおぼつかなくなる
生活習慣病を罹患する場合も多くなる
勤続（金属）疲労が定年後も起きやすい
各臓器の保証期間はない　癌にも要注意
そんな時コロナに感染すると重症化しやすい
かくいう私も高血圧で薬を飲み続けている
かかりつけ医からは「毎日の食事と運動」と言われ
小麦　乳製品　塩分・糖分　脂ものダメ
食べるものがなくなるか？
適宜なバランスの取れた食事が大切か
与えられた命を大切に　今日を生きる

3月7日（火）

啓蟄だが？　　　　　　　　　　　　　　　　　ショート190

ＷＢＣ（ワールド・ベースボール・クラシック）９日開幕戦
先立つ６日の強化試合で大谷選手の２打席連続３ラン
春爛漫を呼び込む打ち上げ花火
７日「Ｈ３」ロケット初号機は２度目連続打ち上げ失敗
スギ花粉大量飛散中ではあるが
東京の桜の開花は17日頃の予定
今の時期「啓蟄」で冬ごもりの虫が這い出るが
こもったまま抜け出せない自分がいる
４月からの音楽ライブも予約できるが動き出せない
３月は卒業シーズンで別れの季節でもある
メッセージを書き続けるには感染しない思いが強い？
コロナとなかなか別れられない

3月8日（水）
　厚労省専門家組織の有志らが「5類移行後対策」見解を提示
〈5つの基本〉
　1）3密の回避と換気
　2）手洗い
　3）適度な運動と食事
　4）体調に不安や症状がある場合は無理せず自宅療養か受診
　5）場面に応じたマスクの着用とせきエチケットの実施
〈医療機関や高齢者施設の対策〉
　・日常的なマスク着用が望ましい
　・訪問者の面談は許可できる
　・医療・介護従事者の旅行や外食を制限するべきではない

3月9日（木）
〈ちょっとWBC休憩〉
　感染はさておき9日からWBC 1次ラウンドテレビ観戦
　メッセージは22日の決勝まで休延（球宴）か？
　ところでメッセージは夜間玄関先で度々考える
　そんな時　見上げる月は輝いている
　なぜ月は夜輝くのだろうか？
　月は地球のまわりを回る衛星
　月は太陽光を反射し　回るにつれ光る部分が変化する
　満月は太陽　地球　月の順番で天体が並び
　太陽光は地球を過ぎ月で反射して
　夜に満月として見えるのだ

3月10日（金）
〈5類移行に伴う医療提供体制および公費支援〉
　幅広い医療機関が対応する体制を段階的に実現
　（外来診療）現在約4万2,000ヵ所の発熱外来が対応
　　・最大約6万4,000の医療機関での対応を目指す
　　・コロナ患者の診療拒否を認めないことを周知

（入院）現在約3,000ヵ所で対応、約5万1,000床確保
- 全病院約8,200ヵ所での受入を目指す（約4万6,000床体制）
- 都道府県は4月中に入院受入の「移行計画」を策定
- 病床確保料は9月末まで半額

（入院調整）
- 行政から病院間の自主的な調整へ段階的に移行
  軽症・中等症患者から始め、秋以降は重症者も

（高齢者施設）
- 無料ウイルス検査、協力医療機関の確保
- 施設内療養の1人最大30万円補助など当面継続

（診療報酬）
- 特例的な上乗せを縮小、2024年4月に新たな体系へ

（公費負担）
- 外来医療費、検査費の公費負担は終了
- 高額の治療薬は9月末まで公費負担で以降再検討
- 入院医療費は高額療養費制度適用（当面最大2万円支援）

経過措置期間後2024年4月に新しい医療体制へ移行
病原性が高い変異株出現の場合「2類相当」に戻す

（その他）
- コロナ宿泊療養制度は原則廃止
  高齢者や妊婦は自治体判断で9月末まで継続可能（有料）

3月13日（月）
〈マスク着用緩和に関する業界の状況〉
- 鉄道：個人判断とし案内は行わない、駅員と乗務員は着用
- バス：個人判断、混雑時の着用推奨を周知
- 航空：乗客、従業員ともに個人の判断に委ねる
- コンビニ＆百貨店：入店時は客の判断、従業員は着用推奨
- ホテル＆旅館：個人判断が基本、事業者の依頼は許容
- 映画館：個人判断、せきエチケットなどの配慮を求める
- 美容室：客に着用を求める

世論調査では国民の半数超が「できるだけ着用」

3月16日（木）

〈4月以降学校でのマスク方針〉

・基本的に児童生徒や教員に着用を求めない

・通学で混雑する電車やバスに乗る場合は着用推奨

　校外学習で医療機関訪問時は着用推奨

・合唱やグループワークは距離を取り、換気徹底すれば不要

・給食は換気徹底などにより黙食は不要

・入学式は距離を取れば着用せず歌えることとする

・入学式や運動会、文化祭などの行事では保護者人数制限や実施内容

　削減、時間短縮の必要はないとした

　学期の途中での方針変更は混乱を招く恐れがあるとし4月1日緩和と

していた。17日文部科学省は各教育委員会に通知

3月23日（木）

見えない光　ショート191

WBC世界一の余韻に日本中が包まれる

朝から晩まで歴史的名場面録画映像が何回も続く

「ペッパーミル・パフォーマンス」もあった

大谷選手の「憧れるのをやめましょう」の名言も

祝い桜も満開　大学同期の花見は仲間の都合で中止に

感染状況は鈍化し停滞気味になっている

全国では依然として一日4桁の感染者数

家内は卓球の練習に試合に日々外出

一方私といえば自粛生活に慣れ過ぎて動き出せない

WBC選手たちはやり切ったが　私はやり切れない日々

見えない壁が光を遮っている

自分で作った壁なら自分で打ち壊せる

このフレームから飛び出したい　抜け出したい

今この一瞬はすぐに過去になる

戻らない時間　戻れない時間　それでも時間は動いていく

明日を照らす光を見つけに歩き出したいが……

ウイルス考　　　　　　　　　　　　　　　ショート192

ウイルスはいつ誕生し　どこからやって来たのだろうか？
エボラに代表されるフィロウイルス科は約1万年前に誕生
そのウイルスから約800万年前エボラ出血熱ウイルスが出現
コロナウイルスも約1万年前の誕生と計算される
その頃野生動物を家畜化する一方で
動物が感染したウイルスがヒトに感染しやすくなった
人獣共通感染によって飛び火したと考えられる
現在の学説ではウイルス誕生は30億年前とされる
ウイルスは接触　飛沫　空気感染により伝播し
ヒトや動物などの細胞に入り込み増殖や変異を繰り返す
たとえ弱毒化しても重症者や死者をゼロにするのは不可能
日常生活の不自由さや経済へのダメージも解消されない
地球上にはまだまだ未知のウイルスが存在する
自然の摂理と向かい合い生きていかねばならない

〈5類移行後について（厚労省）〉

24日：新型コロナウイルス感染による労災に限り、事業者に課す保険
　　　料増額を免除してきた特例措置を廃止

27日：死者数速報値公表は最短2ヵ月後、死因含めると5ヵ月後
　　　死亡情報は「人口動態調査」を用いて収集を決定

31日：事業別ガイドライン廃止発表
　　　感染対策（検温、消毒液、パーテーション）は事業者判断に委
　　　ねる

〈5類移行後について（生命保険各社）〉

31日：感染者が自宅で療養する「みなし入院」の入院給付金支払い
　　　を廃止方向で最終調整（今年2月末まで95％を占める）
　　　（昨年全数把握簡略化の9月以降は①65歳以上、②妊婦、③入院を
　　　要する症状がある、④治療薬投与が必要の感染者に限定）

コロナウイルス同様　ことわざが変異する

「言うは易く行うは難し」は「緩和は易く対策実行は難し」

「一寸先は闇」は「一寸先はコロナの飛沫」

「犬も歩けば棒に当たる」は「人も歩けばコロナに当たる」

「風が吹けば桶屋が儲かる」は「感染が広がれば寺が儲かる」

「可愛い子には旅をさせよ」は「コロナ禍でも旅行支援」

「親しき中にも礼儀あり」は「親しき中にもマスクあり」

「朱に交われば赤くなる」は「コロナに感染すれば死を招く」

「前門の虎後門の狼」は「前門も後門もコロナ」

「多勢に無勢」は「多税に憮然」

「雄弁は銀、沈黙は金」は「病床増は銀、空き病床は金」

「飛んで火にいる夏の虫」は「菌飛んで密にいる感染者」

「泣きっ面に蜂」は「物価・光熱費高に運賃高」

「二度あることは三度ある」は「二波あることは八波ある」

「花より団子」は「感染より花見」

「人の振り見て我が振り直せ」は「人の振り見てマスクする」

「仏作って魂入れず」は「ＣＯＣＯＡ作って受け入れられず」

「焼け石に水」は「幽霊病床に税金投入」

「来年の事を言えば鬼が笑う」は「緩和すればコロナが笑う」

「良薬は口に苦し」は「良薬は高価で苦しい」

「類は友を呼ぶ」は「コロナとインフルは同類となる」

【4月1〜30日】

　4月は入学や入社の新しい門出のシーズンでもある。孫娘も今年度から小学校1年生になる。値上げの波は相変わらず5,106品目、宅配便までも。関西鉄道各社がバリアフリー化推進とコロナ禍収入減などを理由に1日から運賃値上げ。1日「こども家庭庁」が発足。自転車のヘルメット着用「努力義務化」がスタートする。

　2日観光庁集計によると全国すべてで旅行支援を4月以降6、7月まで期間設定し継続する方針。

　3日名古屋工業大学研究チーム（感染者数AI予測）は5月上・中旬に東京都内で新たな感染ピークを迎えるとの結果をまとめる。マスク着用状況3パターンで推定し一日当たり約8,300〜2,600人。政府は5月8日以降新たな水際対策として入国者の陰性および接種証明書は不要とし、発熱者らへゲノム解析を行うと発表。また、今月5日から中国を対象とした水際対策を緩和し、サンプル検査は継続するが出国前の陰性証明がなくても条件付き（ワクチン3回以上接種）で日本への入国を認めると発表。大分県内では「XBB.1.5」が初確認。岸田首相は国会で「花粉症は社会問題」と指摘し対策に取り組む考えを示す。多くの企業で行われた入社式はマスクを着用せず出席する新入社員が目立ち、コロナ禍から正常化に向かう姿を表した。対面で実施する入社式は81％とのこと。

　5日厚労省の専門家組織は「XBB.1.5」が最多になるとの試算公表。国立感染症研究所などは9日までに「XBB.1.5」が37％に達すると推定（「BA.5」は16％）。

　6日サル痘感染者が急増し、4日時点で累計95人（昨年7月25日初確認、昨年8人）。WHOは「緊急事態宣言」年内解除の見通し。厚労省はコロナ療養者数について、昨年9月以降更新をやめた各都道府県の過去の人数を反映させ集計していたためトップページから削除（重症者のみ反映）。JTBは今年のGW期間帰省を含めた1泊以上国内旅行推計は2,450万人（昨年比53.1％増）と発表。

　7日アフリカ2ヵ国で「マールブルグ病」発生。致死率の高いウイルス感染症でエボラ熱のような制御不能の出血を引き起こす。専用の

ワクチンや治療法は確立していない。

　11日ファイザーはオミクロン株対応ワクチンを生後６ヵ月〜４歳の乳幼児も対象にすると同時に全世代で初回接種できるよう厚労省に申請。サル痘感染者は新たに10人の感染を発表（７日沖縄初確認）累計106人になる。

　12日厚労省は次の感染症危機に備え流行１ヵ月以内に検査３万件、６ヵ月以内に一日50万件以上の体制を目指す。広島県で「XBB.1.5」が初確認。生命保険大手各社は「みなし入院」給付金を５月７日終了と発表。14日まで黄砂に見舞われる。

　14日政府は５類移行後の療養期間の目安を発表（４月14日記載）。東京都はゲノム解析の結果３月21〜27日１週間「XBB系統」の割合が初めて５割を上回ったことがわかった。「BA.5」は１割を切る。厚労省は新型コロナ、労働、医療情報を発信するＬＩＮＥ公式アカウントを設けた。制度や支援策の約60項目を確認できる。

　15日岸田首相は和歌山市雑賀崎漁港応援演説直前にパイプ爆弾が投げ込まれ素早く離脱。容疑者はその場で逮捕される。

　17日厚労省分科会はワクチン接種後死亡12人に死亡一時金支給を決定（計53人）。

　19日厚労省専門家組織の有志らは「第９波が起こり第８波より大規模になる可能性」との見解。国立感染症研究所は「XBB.1.5」が４月20日前後に54％を占めるとの推計結果。日本政府観光局は３月の訪日外国人観光客数推定値は181万人超と発表。昨年同月の27倍、コロナ禍前2019年３月の65.8％と回復。一方都市部では人手不足が旅館・ホテルや飲食店で深刻化している。

　21日新たな感染症危機に備えコロナ特措法案と内閣法の改正案が成立。「内閣感染症危機管理統括庁」を新設（９月１日発足予定）。都道府県知事に対する指示権限も強化する。観光庁は５類へ移行後「全国旅行支援」でワクチン３回接種か陰性証明提示の利用条件を撤廃する方針を示す。帝国データバンクによると令和４年度の企業倒産件数は昨年度比14.9％増の6,799件と３年ぶり増加した。政府資金繰り支援終了、コロナ対策融資返済負担に、物価高や人手不足、円安などが重なる「５重苦」で事業継続を断念する中小企業が相次いでいる。今

後も更に増大する恐れがある。京都府は「XBB.1.9.1」感染者が5人確認されたと発表（国内20日時点173人確認）。

26日WHOはオミクロン株新系統「XBB.1.16（アークトゥルス）」を注目すべき変異株に指定し監視強化。「XBB.1.5」より感染スピードが速く重症化リスクは低いと見られる。インドなどで急拡大。

27日厚労省は新型コロナウイルスの感染症法上の分類について、2類相当から5月8日に季節性インフルエンザと同じ5類に引き下げることを最終決定した。改正省令を28日公布、5月8日施行。

28日政府は5月8日解除の水際対策を29日午前0時にて終了すると発表。大型連休での空港混雑回避による前倒し措置。厚労省は1歳男子が乳幼児ワクチン3回接種後死亡と発表。オミクロン株対応ワクチン接種は26日現在45.0％となっている。

〈感染者数の1週間平均状況（前週比）〉

4月1日までは東京832人（123.1％）大阪384人（94.3％）、全国6,698人（99.1％）。8日までは東京1,039人（124.9％）大阪481人（125.3％）、全国7,705人（115.0％）。11・12日は全国で今年3月14日以来の1万人超え。15日までは東京1,119人（107.7％）大阪555人（115.4％）、全国8,074人（104.8％）。22日までは東京1,277人（114.1％）大阪673人（121.3％）、全国9,367人（116.0％）。29日までは東京1,508人（118.1％）大阪772人（114.7％）、全国1万694人（114.2％）。

〈救急搬送困難事案の状況（内数）〉

2日までの1週間2,901件（東京1,543件）。9日までは2,514件（東京1,332件）。16日までは2,558件（東京1,355件）。23日までは2,548件（東京1,305件）。救急車を呼んでも搬送されないことが日常化する。

〈インフルエンザの状況（内数）〉

2日までの1週間2万13人（東京1,469人、大阪503人）。9日までは1万3,580人（東京953人、大阪342人）。16日までは5週連続減少となる1万587人（東京788人、大阪231人）。23日までは1万2,291人（東京756人、大阪232人）。

4月1日（土）

新年度

4月に入りコロナの波は再び上昇するのか？
3月末はお花見など人々の接触機会が増加
新たな変異株「XBB.1.5」への置き換わりも進む
東京都1日まで1週間の感染者数は前週比123%
値上げの波も相変わらず押し寄せる
便乗ではないが宅配便も値上げになる
花粉はスギから過ぎて
ヒノキ（檜）舞台へと変わっていく
マスクも当面外せそうもない
外に目を向ければ
北朝鮮は弾道ミサイルを打ち続ける
ウクライナへのロシア侵略戦争は終わりが見えない
新年度はスタートするが「しんどいど」は続く

4月2日（日）

今の気分は？

ＷＢＣ試合開始前ベンチでの掛け声は
「さぁ！　行こう」だったが
コロナは5月8日から「さぁ！　移行」となる
コロナとの闘いは区切りがなく続いていて
緩和とは程遠い気分でもある
マスク着脱も　5類緩和も　易緩和は「いけんわ」
日々感染者数の記録をとっているが
低くなったとはいえかんばしくない数字の羅列
移行後の景色はどうなっていくのか？
先のことを考えてもどうしようもない
不安はファンで吹き飛ばしたい
移行以降は何もないことを祈るしかない

4月3日（月）

コロナ心模様

コロナに対する見方　考え方　受け取り方は人それぞれ
年代によってもその思いは違う
人により行動様式は異なってくる
特に基礎疾患のある人にとってはその重さが違う
感染が下火でも日々何十人もの人がコロナで亡くなる
高齢者は閉じこもり　若年者はひきこもり
約5人に1人がコロナ理由でひきこもり（※）
心の窓を開放していればそれでいい
何かに熱中していればそれでいい
小さな出来事に喜びを感じていればそれでいい

※内閣府2022年11月調査では推計ひきこもり全国146万人
　閉じこもり：外出頻度の極端に低い生活態度を示す
　ひきこもり：人間関係が狭く自宅の中に居続ける状態

4月4日（火）

言葉あてはめ

コロナからの　感染　ゆえに　後遺症ですが
緩和からの　油断　ゆえに　初感染ですが
倒産からの　無職　ゆえに　トラバーユですが
不安からの　閉じこもり　ゆえに　高齢者ですが
2類相当からの　5類　ゆえに　医療費増ですが
ワクチンからの　副反応　ゆえに　これっきりですが
物価高からの　支出増　ゆえに　習い事減ですが
鳥インフルからの　卵値上げ　ゆえに　メニュー削除ですが
電気代高騰からの　経費削減　ゆえに　心も暗いですが
スギ飛散からの　ヒノキ飛散　ゆえに　悲惨ですが

4月5日（水）

恐さの再認識　　　　　ショート197

都内1万人超のネットアンケート2月調査によると
感染者の4人に1人が2ヵ月以上にわたる後遺症に悩む
生活に支障が出て半数の人が仕事や学校を休んだとのこと
医療費負担や受診・入院先が見つかるか不安の人も半数超
原因究明もまだ　薬もない状況
疲労感や倦怠感　せき　発熱や微熱　たんなどの症状
気力も失せ何もできなくなる
時を戻したくても戻せない
誰も想像できなかった混沌の闇が続く
「コロナは恐い」を再認識せざるを得ない
感染だけで済まないことを忘れてはならない

4月6日（木）

令和の乱？（番外）　　　ショート198

目玉焼き　厚焼き玉子に　ゆで卵
オムライスやカルボナーラ　卵を使う料理は数多い
ケーキやお菓子にまで　その用途は幅広い
ところがエッグショックが起きている
鳥インフルで過去最多約1,740万羽が殺処分
卵の卸売価格が2019年1月以来4年で3倍に
この3ヵ月間連続最高値を更新
卵価格に下駄をはかせる？「玉げたぁ！」
上場100社中18社が卵メニューの休止や休売
代替卵商品が売り出されるが
回復には2年かかるとのこと
「egg痛ぇ（えぐいて）」家計にも厳しい
物価高に追い打ちをかける「令和の卵（乱）」
もう「玉卵（たまらん）！」

４月７日（金）

９波の予感

感染者数が再び上昇してきている
７日東京都の感染者数は７日連続前週同曜日超え
直近１週間の一日平均は1,000人
全国でも６日連続上回り一日平均7,533人
オミクロン新変異株「XBB.1.5」への置き換わりが進む
この時期イベントも多く接触機会も増えている
脱マスクや気の緩みも影響しているのか？
エンドレスコロナが第９波のエントランスに入ったか？
５月ＧＷ明けに東京都の感染ピークの予測もある
再び医療崩壊が繰り返されるのか？
５月８日の５類移行まで残り１ヵ月
災難や嫌なことを避けるまじない言葉の
「９波ばら　９波ばら（くわばら　くわばら）」か？

４月８日（土）

祝２００編

ショートメッセージは累計で200編に達した
最初のコロナメッセージ創作は2020年４月26日
2022年11月出版『コロナショック Message From M』では
メッセージ204編　番外＆号外18編　ショート71編の計293編
続コロナショックでは2022年５月５日からショート中心に
今日まで新たにメッセージ10編　ショート129編を加え
メッセージ全体では約３年で累計432編になる
コロナ関係以外でのメッセージ開始は1995年に遡る
広島勤務時代40編超　約15年のブランクを経て再執筆
2016年４・６月に２冊出版しメッセージ計は200編
2019年９月３冊目出版　メッセージ累計は222編となる
今の時代の記憶を記録としてメッセージを書き続ける

4月9日（日）

得失増減　　　　　　　　　　　ショート201

コロナで　何を失い　何を得たのか考えてみよう
コロナで精神的に失ったものは計り知れない
仲の良い友達との思い出を作る時間を喪失
3年以上音楽ライブに行く機会を失った
けれど得たものもある
コロナの話題でメッセージを書けること
卓球ができる環境を家の中で作れたこと
外食が皆無となりお小遣いを使わずに済んだこと
最新4月6日発表の読売新聞の世論調査では
増：支出　仕事のストレス　家族との時間　と続く
減：収入　余暇の時間　労働時間
できないことを考えるより　できることを考えよう！

4月10日（月）

とう10連続ついでに　　　　　　ショート202

東京都感染者は10日連続前週同曜日上回ることに合わせ
言葉を連続して畳み掛けてみた
えん……えん……コロナは3年3ヵ月以上過ぎても
まだ……まだ……感染は続きマスクも外せない
じわ……じわ……感染者は増え続ける
でも……でも……観光地には外国人が殺到している
うす……うす……9波の予感もするが
そも……そも……政府は緩和一辺倒
おち……おち……外出もできず
いろ……いろ……ストレスがたまり
ます……ます……閉じこもりがちになる
いよ……いよ……5類移行が近づいてくる

4月12日（水）
〈ちょっと休憩〉
　庭のジャーマンアイリスが白　橙　赤紫の花を咲かす
　最近のテレビワイドショーやネットニュースでは
　感染者数の報道はあるがコロナ関連の話題は少なくなった
　ネタがないと寿司は握れないのと同様
　ネタ切れでメッセージは当面一休みの予感
　状況はだんだんやばくなってきた
　サル痘やコロナの感染者増
　花粉に加え黄砂もやってきて降参模様か？

4月14日（金）
〈5類移行後のコロナ療養期間目安〉
　移行後は療養期間を定める法的な根拠がなくなる
　・発症後5日間は外出を控える（外出は個人判断）
　・児童・生徒の出席停止期間は発症後5日間
　　症状が残る場合は軽快後1日が経過するまで
　・発症後10日間はマスク着用を推奨
　・濃厚接触者は特定せず、外出自粛は求めない
〈移行後感染者数・死者数の公表〉
　・感染者数は約5,000医療機関の報告による「定点把握」
　　毎週1回、初回公表は5月19日（8〜14日分）
　・死者数は対象月約5ヵ月後の人口動態統計で月単位公表

4月21日（金）
〈さらに休憩〉
　20、21日東京都は2日連続で夏日
　水分を取るのは「屋内ではおっくう」になるが
　熱中症に気を付けないといけない
　ところでドーナツは1970年の第1次から始まり
　生ドーナツにKドーナツなど今は第5次ブームとのこと
　いったい「どうなっ（ドーナツ）ているの？」

4月28日（金）

〈5類移行後の動き〉

・政府のコロナ感染症対策本部は廃止、専門家による感染症対策分科会（尾身茂会長）は当面存続
・東京都医療体制について、入院は症状の重い患者に限定し確保病床を9月末までに最大7,000から2,000へ。高齢者向けの医療支援型施設や宿泊療養施設などは当面維持する。幅広い医療機関で受診する体制へ
・大阪府は独自基準「大阪モデル」の廃止を決定。高齢者施設の対応を継続、24時間電話相談を新設。約5,000床の病床を段階的に減らし、すべての医療機関でコロナ患者受入可能の方針
・文部科学省は学校でのマスク着用や検温報告を原則不要とする方針を各教育委員会に通知

コロナ川柳

【2023年１〜４月】

音（値）を上げる　ラッシュは電車　だけじゃない

雑煮だけ？　買うにカニ（買え）無い　物価高

「異次元」の　掛け声ばかり　笑止（少子）化か？

少子化の　財源議論　後回し

どんだけ〜　IKKO（一向）見えず　潜在者

見てるだけ　感染者増え　死者増加

廃棄する　読み間違いの　ワクチンか

電気代　逃れる先は　混むコメダ

切り詰める　習い事まで　削減し

子ども問う　何類なのか　人類は？

引き下げを　５類に合わす　おこづかい

思う日々　ルーズ／狂うず　クルーズ船

そっちには　有馬温泉（ありませ〜ん）　かくれんぼ〈孫と小物で〉

ムスカリや　春の訪れ　溝に咲く

スギは過ぎ　ひのき舞台へ　なり替わる〈ぎゃ紛の花粉症〉

オムライス　卵値上がり　メニュー消え

ハムとツナ　ミックスサンド　卵無し

令和の卵（乱）　鳥インフルで　追い打ちに

インフルと　コロナと花粉　黄砂まで〈四重苦で四苦八苦〉

第六幕
「新たなステージ」

2023年5月1日〜11月30日

PROLOGUE

　5月8日から新たな「コロナ政策の転換点」に突入する。コロナ対応はすべてが変わってしまう。感染者数は定点把握となり、全体像が掴めなくなってしまう。感染者や濃厚接触者の自宅待機はなくなるなど、季節性インフルエンザと同様の5類に位置付けられる。この状況により、5月から第六幕「新たなステージ」とする。安心できる日常には戻らないが、不安は絶えず拭えない日々が続く。

　「続コロナショック」は2022年5月再開以来1年間で第7波と第8波を体験することになった。この間第五幕のショートメッセージは131編、メッセージは11編の合計142編。コロナ川柳は合計78句となる（ショートメッセージ157および180の22句記載含む）。前回作との合計ではメッセージは全435編（うちショート202編）コロナ川柳は全354句となった。この先どのくらいメッセージを書けるかわからないが、コロナ問題がなくなれば、メッセージもなくなるが「問題が起きないことは良いこと」と考えたい。

　メッセージは発信することに意味がある。湖に石を投げ入れれば波紋が広がるのと同様、何事も待っているだけでは何も起きないし、何も起こらない。メッセージの受け取り方は人それぞれだろうが。「ウィズコロナ時代」でコロナに終わりは来ない。そのためにエピローグは書かないが、コロナショックメッセージが人々の心に届くことを願うと同時に、本書が何十年あるいは何百年先、生き残って皆さんに何かを伝えることができれば幸いと思う。

【5月1～31日】

　先月29日からゴールデンウィークが開始され、各観光地は混雑し「オーバーツーリズム」になっている。インバウンドに期待と不安が入り混じると同時にＧＷ明けの感染者拡大が懸念。今月の値上げ予定飲食料品は824品目で、今秋まで断続的に続くとのこと。

　いよいよ５月８日季節性インフルエンザ５類への移行日がやってくる。とは言ってもコロナが収束するわけではなく、リスクも減るわけでもない。各種対策が緩和され「新たなステージ」に突入する。

　１日厚労省は感染者数集計方法でインフルのように「注意報」や「警報」などの指標は当面設けない方針を固める。厚労省研究班はワクチンの副反応は「懸念すべき特定の症状なし」と中間報告をまとめる。日本小児学会研究チームは子どものコロナ後遺症（発症から１ヵ月以上継続）割合は3.9％との調査結果。症状としては発熱やせき、嗅覚障害、倦怠感など。世論調査で内閣支持率が軒並み上昇、日経で８ヵ月ぶり５割台へ（共同通信46.6％、ＪＮＮ47.2％）。

　２日近畿日本ツーリストのワクチン業務委託料過大請求は最大16億円に上ることが判明。

　３日東京大学や国立国際医療研究センターなどのチームはオミクロン株「BA.5、BQ.1.1」は発熱時に肺で増殖せず、のどや気管で増殖しやすく、肺炎など重症化する人が減った一因の可能性と発表。

　５日ＷＨＯは新型コロナウイルスの「国際的な公衆衛生上の緊急事態」の終了を発表。2020年１月30日の緊急事態宣言から約３年３ヵ月。一方「コロナの脅威が終わったわけではない」との警告を呼びかける。世界では約７億6,500万人の感染が確認され約692万人が死亡。午後２時42分頃石川県能登地方で震度６強の地震が発生。

　６日までの１週間平均感染者数は東京1,367人、大阪686人、全国9,217人。連休中は休みの病院も多く通常とは異なる感染者数。

　７日感染者数は東京2,345人、大阪1,098人、全国では１万4,436人。８日午前０時までの最終感染者報告は東京1,331人（累計感染者数438万6,904人、累計死亡者数8,126人）大阪547人（累計感染者数285万1,173人、累計死亡者数8,559人）、全国では厚労省データ上9,310人、

累計感染者数3,380万2,739人、累計死亡者数7万4,669人。

　8日5類移行日となる。自治体ではコールセンターなど相談機能は当面維持し、自宅療養者向けの配食や宿泊療養は役割を終了し、高齢者など重症化リスクの高い人への対応を重点化。店舗認証制度が廃止され、飛沫防止シートやアクリル板を撤去する店も。各企業ではテレワークが浸透し、リモートと出社を組み合わせるなど柔軟な働き方を認める場合も多い。高齢者らを対象にしたワクチン接種が開始、高齢者施設では面会制限解除も。

　9日名古屋工業大学の平田教授らによる診療データ分析でコロナ再感染者は「平均6.3ヵ月」で「第6波以降感染者は再感染リスクがある」とのこと。厚労省は2020年3月～2022年9月実施の特例貸付金（最大200万円、総額約1兆4,000億円、23年1月返済開始）で対応が難しい問題もあり、返済免除する対象者の拡大を決定。

　11日米政府は「国家非常事態宣言」を解除、12日からは入国者に求めていたワクチン接種証明書提示も不要となる。米累計感染者数は約1億500万人、死者数は約110万人。

　14日5類移行に伴い外来対応する医療機関の目標は約6万4,000ヵ所だが、8日現在約4万4,000ヵ所と移行前と比べ約2,000ヵ所増にとどまっている。正当な理由がなければ診療を拒めないとする医師法19条の「応召義務」を掲げて呼びかけてはいるが、罰則はない。

　17日厚労省はコロナ感染者から脳死移植を容認。5類移行で現場判断に委ねることとした。日本政府観光局は4月の訪日外国人客数推計値は194万9,100人とコロナ禍前2019年4月比66.6％の水準。

　18日東京都の8～14日感染者数は定点医療機関報告994人と発表。419ヵ所のうち414ヵ所の報告で1医療機関当たり2.4人（前週換算1.41人の1.7倍）。15日時点（以下該当週翌日）の入院者数は506人（5月8日781人）。大阪府は287ヵ所515人、定点当たり1.79人。

　19日厚労省は8～14日までの全国5,000の定点医療機関報告数は1万2,922人、定点当たりは2.63人（前週換算1.8人の1.46倍）。新規入院者数は2,330人、17日午前0時（以下午前0時省略）時点の入院者数は4,512人、うち重症者数は97人。大手電力7社の家庭向け電気料金値上げを経済産業省が正式認可、6月1日から実施される。19～

21日Ｇ７広島サミットが開催。ウクライナゼレンスキー大統領が20日電撃広島入り、21日原爆資料館訪問、慰霊碑に献花も。

23日ＷＨＯは11日サル痘「緊急事態」終了を発表するが、日本では19日時点で累計149人（今年141人）と感染者が続く。麻疹の感染者も相次ぎ、14日に昨年・一昨年の６人を上回る７人（21日12人）。

24日女子中学生がワクチン３回接種45時間後に死亡し、徳島大学法医学教室は司法解剖し「接種と死亡に因果関係がある」と結論。一方この１例で接種＝危険と判断できないことも。

25日東京都の15〜21日報告数1,470人（＋476人）、定点当たりは3.53人（前週1.5倍）、入院者数は702人（＋196人）。大阪府は2.37人（前週1.3倍）、報告数は686人（＋171人）。

26日全国の15〜21日報告数１万7,489人（＋4,567人）、定点当たりは3.56人（前週1.35倍）。24日時点の入院者数は5,622人（＋1,110人）うち重症者数は138人（＋41人）。厚労省分科会はワクチン接種後死亡14人に死亡一時金支給を決定（計67人）。厚労省は「サル痘」の名称を「エムポックス」に変更と発表（21日時点163人）。

29日九州北部、四国、中国、近畿、東海５地方で梅雨入りする。

31日新たな感染症危機に備え、国立感染症研究所と国立国際医療研究センターを統合し「国立健康危機管理研究機構」（25年度以降）設立を正式決定。

〈救急搬送困難事案の状況（内数）〉

４月30日までの１週間2,610件（東京1,370件）。５月７日までは3,122件（東京1,632件）。14日までは2,494件（東京1,348件）。21日までは2,561件（東京1,385件）。28日までは2,522件（東京1,357件）。

〈インフルエンザの状況（内数）〉

４月30日までの１週間１万945人（東京630人、大阪244人）。５月７日までは8,316人（東京455人、大阪155人）。14日までは6,648人（東京397人、大阪137人）。16日に大分市の高校で約500人、17日宮崎市内高校で491人、18日東京都調布市内の小学校で104人の集団感染が発生。21日までは9,275人（東京838人、大阪205人）。

5月1日（月）

Ｍａｙ走か？　　　ショート203

ジョイフル　ワンダフル　星降る夜
夜に見える星の数は少ないが
感染者数は少なくなってほしいもの
けれど「XBB系統」で感染者はじわりじわじわ増加する
７日までは最大９連休のゴールデンウィーク
どうか第９波の導火線にならないように！
８日からこのまますんなり５類移行となってしまうのか？
政府の姿勢は感染対策を形骸化？
国は何もしない　できない　自己責任でのメッセージ？
置き去り　なおざり　高齢者　になってしまうのか？
検査　通院　ワクチン　控えも起きるのか？
マスクは「マナー」になってしまうのか？
疑問ばかり渦巻くＭａｙ（迷）走する５月になるのか？

5月4日（木）

５類移行ありき？　　　ショート204

なぜか５類移行を前提として対策を決めている感がする
決める順序が逆ではないか？
対策ありきでないと対応を見誤ることになりかねない
５類への移行は単なる感染症法上の分類の話
経済優先の頭がある限り感染対策はおろそかになる
第９波の序奏曲が聞こえてくる状況下
コロナの脅威やリスクは無くなるわけではない
後追いの感染者集計で感染注意報や警報もなくなる
更にコロナは一年中で後遺症問題も未解決
なのに早々と政府や各自治体は感染対策会議を終了
５類を理由としたコロナ対策であってはならない

孫たちとの遊び（番外）

子どもの成長と共に遊びは変化してくる
最近はタブレット端末を使いこなしゲーム中心の遊び
そんななか気付かされることもある

〈小さな楽しさ〉
　6歳の孫娘の家には家庭用トランポリンがある
　外側から両手をつないで　ピョンピョン跳ねる
　それだけで楽しくて笑いながら何回も跳ぶ
　ソファの上でも跳ぶ
　2人でやるとより楽しくなる
　8歳と4歳の男の子の孫が実家に来てすぐ始めるのは
　じじが怪獣となりリビング内を追いかけ回す
　逃げ回って追いつめられると股の下をくぐり抜ける
　どちらも単純な遊びだが子どもたちは喜ぶ
　シンプルな遊びがベストとも言える

〈遊びの工夫〉
　お金を使わず楽しく遊ぶ方法はたくさんある
　家の中での「小物かくれんぼ」もその一つ
　ぬいぐるみや小物を3〜4つ隠して遊ぶ
　孫娘とする「物語創作遊び」もある
　最初はじじが「むかし　むかし　あるところに……」
　次は孫娘の番で話の続きでも最初からでもいい
　布団部屋で寝転がって順番に想像した物語を創作する
　この他子どもたちが喜ぶ遊びは
　「じじブランコ」背中から抱え上げてブランコ
　「暴れ馬」布団部屋で背に乗せヒヒーンと少し暴れる
　「靴下スケート」フローリング床を両手で引っ張る

５月７日（日）

９連休最終日

今日は一日中雨だがＧＷ中の観光地はどこも人だかり
コロナ前と変わらない賑わいが戻ってきている
ふつうに旅行し　ふつうに友達と遊ぶ
コロナなどどこ吹く風　原宿竹下通りも人の波
まるで何もなかったように行動する人の群れ
一方私は365連休
なにもこの連休混雑する所へ行く用もない
Netflixの９シーズン連続ドラマを観て過ごす
海の向こうでは大谷や吉田選手が活躍する
 １塁　２塁　３塁　４塁はなく明日から５類
毎日感染者数を記録することもなくなる

５月８日（月）

５類移行日

分類　インフル同類　コロナは５類入り
５類移行で様々な変化が起きてくる
入院勧告　就業制限　患者・濃厚接触者行動制限もない
コロナ病床は廃止や縮小で「お願いベース」になる
感染者数は定点把握で週１回
死亡者数に至っては２ヵ月後
日々の感染者数は「unseen」で「安心」できず
「unknown」で「安穏」としていられない
医療費自己負担で「受診控え」が起きるのか？
来年度からの有料ワクチンは「惑沈　撃沈」するのか？
マスクは鵜の目鷹の目で「人の目」が気になるのか？
コロナの風は年がら年中吹き荒れ止むことがない
コロナは特別の病気から普通の病気に切り替わるのか？
コロナ対応は「有事」から「平時」の体制へ移行する

5月10日（水）

〈医療体制：国の移行計画基本方針〉

・確保病床（移行後交付金半減）は段階的に減らし全病院体制へ

・中等症の一部と重症患者は確保病床でそれ以外は一般病床へ

・入院調整は医療機関同士での調整を目指す

　重症患者は秋まで自治体調整が可能

・宿泊療養施設は原則終了

　高齢者施設に限り一定の自己負担前提に9月末まで継続可能

〈各都道府県の動き〉

・確保病床はピーク時全国5万1,027床から9月末までに65％の計3万
　3,083床になる見通し

・東京都確保病床は既にピーク時4割の約3,100床に減らす

・入院調整は調整をやめるか、患者の1〜3割を行政が調整するとし
　た自治体が多い

・宿泊療養施設は13都県が維持

　東京都は264室確保、大阪府は高齢者向け630室をすべて閉鎖

アフターコロナ時代は？　　　　　　ショート208

「アフターコロナ」が叫ばれるが「今じゃないでしょう」

「あわてふためかない」うちの準備が必要になる

アフターコロナの世界では

ビジネス環境　医療体制　システム環境　生活様式など

更には心身の健康や時間の過ごし方などへ影響する

ビジネス一つ例にとっても

リモートワーク　成果主義　時差出勤　オンライン会議など

働き方や仕事に様々な課題や問題が生じてくる

一朝一夕に解決することではない

「ビフォーコロナ時代」はこうだったと早く言いたいが

「ウィズコロナ時代」がこれからも数年続き

「アフターコロナ時代」はそう簡単に訪れない

「ポスト郵送（ポストコロナ）？」先送りできない問題だ

5月14日（日）

なんだかんだ

テレビを観ていると「なんだかんだ」
ニュースキャスターが「噛んだ」わけではない
東京 "神田祭"（※）の映像で「なんだ　神田」なのだ
2年に1度開催だがコロナで中止になり4年ぶり復活
沿道には大観衆　身動きできない人の集まり
約200基の神輿の担ぎ手はマスク無しの声出し
昨年8月の徳島 "阿波おどり" が脳裏をよぎる
参加者4分の1の踊り手ら819人が感染したこと
5類移行後とはいえ感染者は停滞中
"後の祭り" にならなければよいが

※日本の三大祭り：神田祭、京都 "祇園祭"、大阪 "天神祭"

5月17日（水）

ウィズコロナ時代を生き抜く

「あの時こうしておけば」と思うことは度々ある
人生の航海は順風満帆に進むとは限らないが
「もしも　こうしていたなら」と考えてもしようがない
もがけば　もがくほど荒波に流され滝つぼに落ちる
起こってしまったことや過去は消せないのだ
波を受けようが前に進むしかない
「苦楽」とは文字通り「苦しみと楽しみ」だが
とらえ方や考え方は一つではない
「苦しみを抜けた先に楽しみがある」
仏教では「くがく」と読み「苦しむことを楽しむ」
この時代を生き抜くにはどう楽しむかを考えるしかない
コロナの苦しみを乗り越えた先に見える景色は
「苦楽（富嶽）三十六景」それとも「苦楽（富嶽）百景」？

5月19日（金）

定点把握と実態推計値　　　　　　　　ショート211

5類移行後初めての定点把握感染者数が発表
東京都8〜14日の定点把握感染者数は994人
定点当たり2.4人（前週換算1.41人の1.7倍）と発表
前週の実際の感染者数は1万1,429人で
8〜14日の実態推計値は1万9,429人（1万1,429×1.7）
発表数994人が実態数の5.1％に過ぎないまさに低点なのだ
同様に全国では約5,000の医療機関報告は1万2,922人
定点当たり2.63人（前週換算1.8人の1.46倍）
1〜7日の実数値は7万6,728人なので
8〜14日の実態推計値は11万2,023人
発表数1万2,922人が実態数の11.5％相当となる
なんとなく騙されているように思える
定点把握にどうこう言いたくはないが動向程度の話
実態数を反映していないので要注意だ

5月21日（日）

そりゃね〜ぜ　　　　　　　　　　　　ショート212

酵素には「ジアスターゼ」や「セルラーゼ」がある
パスタにはイタリアボローニャ生まれの「ボロネーゼ」
箱が無いので「箱無ぇ〜ぜ」はコストを味にかける
パスタソース「Haconese（ハコネーゼ）」の由来とのこと
コロナには「コロ無ぇ〜ぜ（ネーゼ）」は無いが
「コロナ〜ゼ（なぜ）」と思うことはある
中国の壁もあり未だ発祥原因は「知らネーゼ」
コロナは本当に「とんでもネーゼ」
なかなか「終わらネーゼ」で「そりゃネーゼ」

5月25日（木）

ストレス社会　　　　　　　　ショート213

ストレスとは心身に負荷がかかっている状態のこと
やる気低下　気分落ち込み　頭痛・腹痛・不眠　などの症状
暑さ寒さ　仕事　人間関係　コロナなどストレッサーになる
何もしなくてもストレスは生じる
世の中はストレスで溢れている
ストレスをストレスと感じるからストレスになる
すべてがメンタリティーで心の持ち方次第で変わる
普段からストレスをため込まないよう気を付けること
日頃から何かに興味が持てるよう行動することも必要
ストレス解消で大事なことは十分な休養と睡眠
ストレッチで体をほぐし運動するのもよい
他の何かに集中し逃避するのもよい
気分転換することがいいことかもしれない
ストレスとうまく付き合っていくしかない

5月26日（金）

ウイルス集団警鐘　　　　　　　ショート214

インフル　ｅｙｅフル　目に余る
「余りにあんまりだ！」
九州2高校各500人　東京小学校100人と集団感染が相次ぐ
幸い重症化した生徒はいないとのこと
21日までの1週間で全国9,275人（前週比140％）
マスク着用緩和　5類移行　体育祭や運動会開催
インフルエンザワクチン接種率の低さも影響か？
インフル流行期が例年より長引いている
コロナ感染者も増加傾向が続いている
麻疹にエムポックスまで上昇中
「ウイルス集団警鐘」が鳴り響く

5月28日（日）

卓球史上名勝負（番外）ショート215

"世界卓球2023南アフリカ"が28日閉幕
混合ダブルス　張本・早田ペアが2大会連続銀メダル
女子ダブルス　木原・長崎Ｗみゆうペアが初出場銅メダル
女子シングルス　早田ひな選手が価値ある銅メダル
今大会男女シングルスでは中国勢以外唯一のメダル獲得
26日女子シングルス準々決勝（メダル決定戦）
世界ランク10位早田ひな対ランク3位中国王芸迪戦
第7ゲーム9度のマッチポイントをしのぎ21対19劇的勝利
卓球史上に残る名勝負でメッセージに残したい一戦となる
27日準決勝ではランク1位中国孫穎莎選手に1対4で敗退
中国頂上の壁はまだまだ高いが挑戦を続けてほしい
蛇足になるが家内は卓球の練習や試合にほぼ毎日外出
家の卓球台はもっぱらサーブ練習台になっている

5月30日（火）
〈政府は花粉症対策の全体像をとりまとめる〉
　・30年後花粉の発生量の半減を目指す
　・発生源のスギ人工林伐採規模を5万から7万ヘクタールに拡大し、
　　10年後面積を2割程度減らす
　・10年後には苗木生産の9割以上を花粉飛散の少ない品種にし、植
　　え替えも進める
　・「舌下免疫療法」普及に向け、治療薬生産を年間25万人分から100
　　万人分に増やす
　・スーパーコンピューターや人工知能を活用し、飛散量予測システム
　　の精度向上
〈政府は熱中症対策強化計画を閣議決定（6月1日実施予定）〉
　・年間1,000人を超える死者を2030年までに半減させる目標
　・高齢者などへ適切なエアコン利用呼びかけやＮＰＯ法人の協力
　・教育現場など教室や体育館へのエアコン設置支援

悩みの増幅

若い時の悩みの多くは受験や就職などだが
年を経ると悩みの種は広がっていく
仕事　人間関係　健康　親の介護など様々
結婚　子ども　教育問題など将来の悩みも尽きない
現在では物価高や光熱費など生活上金銭的な悩みも
更にコロナ　後遺症　ワクチンの悩みも加わる
人によりその大きさと重さの度合いは違ってくる
悩みは複合化され不安へと醸成されていく
悩むことを挙げたらキリがない　霧も晴れない
悩みの無い人はいない　悩みに悩む人もいる
悩みをパスすれば心はカルくなるかもしれない
かのパスカルは「人間は考える葦である」と言った
脳は余計なことまで考えてしまう　脳サンキュウ？
紙に悩みを書き出すのも解決の糸口になるかも
時が解決するときもある　後で考えれば
「なんであんなことに悩んでいたのか」と思うことも
何か事を始めれば必ず悩みは付随する
何もしなくても悩みは生まれる
だとすれば悩まないより悩む方がマシと考えればよい
「前進の証」と思えばよい
１人で悩み苦しんでいても埒が明かない
人に話せば気持ちが楽になる
最後の答えは自分で見つけるしかない

5月31日（水）
5類後コロナ振り返り

５類移行で社会はある程度感染を許容したことつながる
致死率は低くなってはいるがインフルよりも高い
第８波まで死者数は着実に増加している
一般の人には「普通の病気」と映るが
高齢者にとってはまったく違う景色となっている
コロナ禍は倒産や雇い止めなど社会経済にとどまらず
教育の機会や若者や子どもの楽しい時間を奪うことにも
政府の考え方と感染症専門家と意見のズレも生じた
最たることは「東京五輪」と「Go To トラベル」
まん延防止措置や緊急事態宣言を繰り返してきたが
岸田政権下では経済社会を動かすことが最優先事項となる
観光や鉄道や航空など回復の兆しはある
同時にホテルや飲食店での人手不足ももたらした
政府のコロナ検証は未だ手が付けられず道は遠い
一方医療体制は感染症を想定したシステムになっておらず
医療ひっ迫を繰り返し感染自宅待機者は増加した
一般病床を追いやり挙げ句の果ては「幽霊病床」
今後のコロナ変異は誰にもわからないが
このままワクチンを接種し続けるのか？
風邪薬のように安価な治療薬になっていくのか？
後遺症の解明が進んで光が射していくのか？
マスクはいつになったら外せるのか？
第９波が予断を許さない状況下
人々の不安や悩みは消え去ることがない

　6月も飲食料品3,575品目が値上げされる。カップ麺は500品目超が一斉に。今年1～6月の値上げ品目数は計1万9,422で昨年同期の約2.4倍にもなる。家庭向け電気代も今月から値上げ。ガソリン代補助金は今月から段階的に縮小され9月末終了になるのか？

　1日東京都の5月22～28日報告数1,647人（＋177人）、定点当たりは3.96人（112％）、入院者数は900人（＋198人）。大阪府は2.75人（116％）、報告数は797人（＋111人）。藤井聡太竜王が名人戦第5局で渡辺明名人に勝利（4勝1敗）。最年少名人と史上2人目の7冠達成となる。20歳10ヵ月でのW快挙。

　2日全国の5月22～28日報告数1万7,864人（＋375人）、定点当たりは3.63人（102％、前週修正3.55人）。31日時点の入院者数は6,091人（＋469人）うち重症者数は143人（＋5人）。「RSウイルス感染症」の患者が急増。流行は近畿・九州など西日本に拡大している。沖縄県で新たなオミクロン株の変異株3種「XBB.1.16、XBB.1.9.2、XBB.2.3」が初確認。東京都はPCR検査や抗原検査実施費用で医療機関など11の事業者が都に約183億円の補助金不正請求をしていたと発表。改正マイナンバー法などの関連法が成立。健康保険証を廃止しマイナンバーカードに一本化。来年秋の実施だが、トラブルが続出。厚労省は人口動態統計を発表し、2022年出生数は77万747人となる。台風2号は沖縄で大荒れ、高知、和歌山、奈良、三重、愛知、静岡の6県で線状降水帯が発生。和歌山で河川氾濫など近畿や四国地方は記録的な大雨となった。

　4日全国自治体病院協議会が今年2～3月調査実施。3年余りのコロナ対応による疲労蓄積の影響が見られ、昨年度公立病院の3割で看護師の離職率が上昇。離職者増で病棟閉鎖の事例もあった。

　5日大阪府は無料検査事業をめぐり、受託事業者15業者のうち7業者約42億8,000万円分の不正請求の発覚を明らかにした。今後残る355業者を調査し、8月中結果をまとめる。

　8日東京都の5月29日～6月4日報告数2,207人（＋560人）、定点当たりは5.29人（134％）、入院者数は983人（＋83人）。大阪府は

3.33人（121％）、報告数は968人（＋171人）。5類移行後1ヵ月が経過、感染状況は緩やかな増加傾向が続く。マスク着用調査では6月第1週は移行前50％から微減の46％となっている。外来対応の医療機関は目標6万4,000ヵ所に対し5月末時点で全国約4万8,000ヵ所。マイナンバーカードと公金受取口座の誤登録で家族名義が13万件、他人へのカード誤登録が748件、健康保険証の他人カードひも付けが7,312件判明（総点検中）。全仏オープンテニス混合ダブルスで加藤未唯選手が4日女子ダブルスでの「疑惑の失格」を乗り越え初優勝。10日には男子車いすテニスシングルで小田凱人選手が初優勝し、17歳史上最年少で世界ランク1位を確定。

　9日全国の5月29日〜6月4日報告数2万2,432人（＋4,568人）、定点当たりは4.55人（125％）。7日時点の入院者数は6,960人（＋869人）うち重症者数は164人（＋21人）。42都道府県で新規感染者が増加。国立感染症研究所は「超過死亡」（死者が例年水準と比べどれだけ多かったかを示す）が「5月1〜14日には認められなかった」と初公表（全国17市区報告データを基に算出）。

　13日埼玉県の県立春日部高校で生徒114人がコロナ感染し、学校閉鎖となる。また、同県加須市の県立高校でも77人感染で8〜13日まで学校閉鎖。鳥取県認定こども園でも14人がコロナ感染。

　15日東京都の6月5〜11日報告数2,486人（＋279人）、定点当たりは5.99人（113％）、入院者数は1,032人（＋49人）。大阪府は4.33人（130％）、報告数は1,256人（＋288人）。

　16日全国の5〜11日報告数2万5,163人（＋2,731人）、定点当たりは5.11人（112％）。14日時点の入院者数は7,783人（＋823人）うち重症者数は163人（−1人）。感染者は36都道府県で増加し、沖縄は18.41人。厚労省専門家会合が5類移行後初開催され「緩やかな増加傾向、夏の間に一定の感染拡大が生じる可能性がある」と注意を呼びかける。厚労省は秋接種で年末年始の感染拡大に備え、オミクロン株「XBB」系統対応の1価ワクチンを導入する方針決定。

　19日厚労省分科会はワクチン接種後死亡5人へ一時金支給を認め計72人となる。

　22日東京都の12〜18日報告数2,420人（−66人）、定点当たりは

5.85人（98％）、入院者数は956人（－76人）。大阪府は4.55人（105％）、報告数は1,324人（＋68人）。沖縄は28.74人の最多。東京都は乳幼児を中心に流行する夏風邪「ヘルパンギーナ」の流行警報発表（青森・宮城、23日滋賀も）、大阪府でも警報レベル超え。名古屋工業大学などのチームはコロナ再感染の間隔が第1～3波の約16.9ヵ月から第7波では約3.7ヵ月との分析結果をまとめる。感染者の約3％が複数回かかり、若者の割合が多いとのこと。

　23日全国の12～18日報告数2万7,614人（＋2,451人）、定点当たりは5.6人（110％）。21日時点の入院者数は7,789人（＋6人）うち重症者数は192人（＋29人）。厚労省は昨年心筋炎で死亡した茨城県70代女性はマダニが媒介する「オズウイルス」が原因と明らかにする。発症報告は世界で初めて。

　29日東京都の19～25日報告数2,577人（＋157人）、定点当たりは6.22人（106％）、入院者数は1,031人（＋75人）。大阪府は5.16人（113％）、報告数は1,506人（＋182人）。沖縄は最多39.48人。コロナ禍の「雇用調整助成金」（従業員休業手当助成）の不正受給公表は516社、総額は163億2,020万円。

　30日全国の19～25日報告数3万255人（＋2,641人）、定点当たりは6.13人（109％）。28日時点の入院者数は8,162人（＋373人）うち重症者数は197人（＋5人）。感染者は39都府県で増加する。

〈救急搬送困難事案の状況（内数）〉
　6月4日までの1週間2,345件（東京1,306件）。11日までは2,651件（東京1,467件）。18日までは2,769件（東京1,543件）。25日までは2,617件（東京1,453件）。
〈インフルエンザの状況（内数）〉
　5月28日までの1週間7,975人（東京785人、大阪187人）。季節外れの流行で全国325校が学級閉鎖219、学年閉鎖86、休校20に。検査キットが不足。6月4日までは7,483人（東京706人、大阪212人）。11日までは6,688人（東京701人、大阪202人）。18日までは6,344人（東京550人、大阪190人）。25日までは5,896人（東京412人、大阪159人、鹿児島1,646人で2週連続最多）。

6月1日（木）

九段坂　9現坂？

6月は梅雨のシーズンなのに「水無月」と言う
「無」は「の」にあたる連体助詞「な」とのこと
異名として「風待月」や「涼暮月」などもある
そんなコロナに「ムカつく」6月
コロナの坂はだらだら続く上り坂？
坂は上がれば下がるが
感染者数は下がる気配もない
第9波にだんだん近づく「九段坂」になるのか？
それとも第9波が現実となる「9現坂」になるのか？
コロナ対策に苦言を呈したいが……
とりあえず
「じめじめムっとする6月」にならなければ

6月2日（金）

風いや～ね

5類移行でコロナはインフルエンザの領域に入った
インフルの集団風邪で学級学年閉鎖が相次いでいる
コロナの風は梅雨前線同様に停滞中
物価高騰の風は吹き荒れ放題
電気代を含め家計への風当たりは強くなっている
休日の原宿や渋谷は人で混み　コロナなどどこ吹く風？
玄関先の鉢　ピンク色の紫陽花が雨に濡れ　風に揺れる
今日は一日中雨　午後から風が強まり夜には大雨も
台風2号が梅雨前線を活発化させ　列島に大雨を呼ぶ
高知県をはじめ6県で「線状降水帯」が相次ぎ発生
沖縄では台風の風に煽られ道路ミラーが落ち「見ら～れん」
「風」にこだわった一日となる

6月4日（日）

マイナトラブル（番外）　　　　ショート218

マイナンバーカードでトラブルが続出する
コンビニで他人の証明書が誤交付
カード写真が他人の顔写真
マイナ保険証に別人の情報がひも付け
公金受取口座で他人の銀行口座のひも付けや
子どもに親の口座など本人以外口座誤登録も多数
初診時受付機器で無効判断され一旦10割負担
マイナポイントが別人に付与
これらはシステム不備や情報誤登録の人為的ミス
「まぁ　いいな」で済まない　謝って済む問題でもない
制度の根幹を揺るがす事態へ
信頼は失墜しマイナーからメジャーに昇格できなくなる

6月5日（月）

水を差す出来事　　　　　　　ショート219

ＰＣＲ・抗原などの無料検査で補助金不正請求発覚
東京都では医療機関など11事業者約183億円
大阪府では15のうち7事業者約42億円　残る355の調査へ
ワクチン業務委託料でも近ツリ過大請求約16億円
コロナに乗じた水増しが水面下で横行していた
問題浮上で昆虫ミズスマシだが
水に流して済まされることではないし
飴坊（アメンボ）のように
甘い汁を吸ったままではいられない
「水が無い（見つからない）バレない」と思ったのか
心に1トン（トンでもない量）の水を抱えることになる
コロナ対策事業に水を差す出来事だ
今後も水かさが増し不正洪水となって溢れ出すだろう

６月８日（木）

疑問符雨あられ ショート220

関東甲信は今日梅雨入り　コロナ前線ぐずぐず天気？
「これからどうなるの？」疑問の雨が降り注ぐ
少子化対策財源は年末へ持ち越し？　衆院解散は？
ウクライナは？　円安は？　株価は？
物価高は？　電気代は？　ガソリン代は？
コロナは？　インフルは？　ワクチン接種は？
881 6741 9641（ヤバい　虚しい　苦しい）
ふつうに旅行し　ふつうにライブへ　ふつうに遊ぶ
普段の日常に戻ったと見間違うがそう甘くない
ウイルス　細菌　病原菌　コロナ菌はなくならない
786 5672 4989（悩む　コロナに　四苦八苦）
ポケベル時代はとうに終わっているが
「これでいいのだ！」（天才バカボン）

６月11日（日）

コロナとの闘い ショート221

コロナはある意味「ねずみ講」のようなもの
１人の感染が２人へ　更に４人へと倍々以上に広がり
ねずみ算的に感染者が増えていく
会社員に比べ年金生活者の感染リスクは小さい
通勤電車や仕事は無く　人との接触リスクは低くなる
一方　年を経れば何かしら持病も増えてきて
感染すれば重症化リスクが高くなる
コロナとの闘いは心の闘いでもある
闘い方は知っているつもりだが……
コロナが続く限り心の闘いも続く
"コロナニモ　ツユニモ　マケズ"頑張ろう！

6月12日（月）

梅雨と台風とコロナ　　ショート222

雨が降ると　しとしと　じとじと　じぃとじと

梅雨時期は　過敏に　がび〜ん　カビの季節

高温多湿がカビを増殖させる

台風は梅雨を刺激しキックする「味覚糖シゲキックス？」

間が悪い台風2号（マーワー）のブーメラン進路と同様

ぐれちょる台風3号（グチョル）が列島南の遠方を北上

勢力は弱まり太平洋側は断続的な雨となる

地面を滝のように激しく洗い流し続ける

洗浄（線状）降水帯は今回発生しなかった

今後16日まで雨模様の天気が続く予報

コロナも長雨が続くように緩やかに増加傾向

自ら情報を取らないと　つゆ（梅雨）知らず大変なことに

6月13日（火）

失った人材　　ショート223

電車事故や天候急変でタクシー乗り場は待ち行列

車があってもドライバーがいない　車庫に残る車列

バス運転手不足で函館39の小学校プール授業すべて中止

飲食業界も人出不足で頭を抱えている

時給を上げてもアルバイトはこない

「いつまでもあると思うな人（親）と金」か？

コロナ禍で一度失った人材は戻ってこない

人材は何ものにも代え難い財産でもある

その人を失ってから「ありがたさ」を実感する

普段から「その人がいて当たり前」と思わないこと

常日頃「感謝の気持ち」を伝えることが大切

コロナは単に病気だけの話にとどまらない

働き方や人の生き方までも変異させてしまう

6月14日（水）

ウイルス大集合？

埼玉など学校でのコロナ集団感染が勃発している
学級から学年へ全校へと広がり学校閉鎖へ
感染はあっという間に広がっていく
文化祭開催やマスク緩和もその理由か？
１校で100人以上感染　感染力の強さがうかがえる
定点把握数字に反映されるか不明だが
次に生徒から親への家庭内感染も考えられる
ましてやインフルエンザ休校や体育時の熱中症も
北海道では小学校と保育所で44人がノロウイルス感染
西日本を中心にＲＳウイルス感染症が流行している
麻疹も今年４年ぶりに流行する恐れもある
ウイルスオンパレードになっていくのか？

6月15日（木）

たまりません？

節約疲れ　値上げ疲れ　梅雨疲れにコロナ疲れ
人々には疲れが溜まりにたまり「たまりませ〜ん？」
梅雨空はどんより沈む感じの「鈍沈感（どんちんかん）」
「とんちんかん（頓珍漢）」で頭の回線もショートする
曇天も　雨の日も「蒸し蒸しの体感」
「汗も　汗ばむ　バウムクーヘン状態」とまではいかないが
「じわっと　じめじめ　うっとうしい」
「マインド　ブラインド　周りが見えなくなる？」
「ぐだぐだ　文句も出たくなる」
「しまいには　グタっとする」
「弱った人（魚）は目でわかる」
気分も減入り「ラインメイ（ー）ルでもするしかないか」
録画テレビドラマも「溜まりにたまっている」

6月16日（金）

感染拡大進行中　　　　　　　　　　　ショート226

　5類移行後5週間経った感染者数は連続で上昇中
移行直後全国1週間定点当たり2.63人（1万2,922人）
5週目6月11日までの週は5.11人（2万5,163人）約2倍
受診控えや隠れ感染者も考えられ実態数字は藪の中
学校での集団感染も相次ぎ起こっている
かの尾身氏は「第9波の入り口に入ったのでは」と明言
厚労省専門家会議でも「夏には感染拡大が生じる可能性」
インフルには注意報や警報レベルがあるが
コロナには基準値がない現状の取り扱い
感染の緊迫感が伝わらない状況が続く
果たして「これでいいのかコロナ？」

6月18日（日）

父の日は暑い？（番外）　　　　　　　ショート227

昨日は天気一転30℃超えの暑すぎる真夏日に
今日関東では35℃以上の猛暑日が3地点も
関東は唐辛子ハバネロのように真っ赤に染まる
外出すれば「チョコまみれ」ならぬ「汗まみれ」
顔は火照り「あっ痛」にもなる
マスクが暑さを増幅させる
頭も棒となる　なぜか……「ぼーっとなる」
無性にアイスが食べたくもなる
熱中症だけでなく食中毒にも注意が必要
電力・物価高騰の沸騰続きで懐は寒くなる
今日は6月第3日曜日「父の日」
世の父親の心は寒いか？　熱いか？
それとも暑きままか？
暑さにめげず　熱き心で乗り切ろう！

文化展出展

富士通社友会文化展が６月20〜24日武蔵小杉で開催
今日は作品をユニオンビルへ午前中搬入
コロナ禍で2020年は中止　2021・2022年はオンライン開催
４年ぶりのリアル開催　これまで2018年から３回出展
今回「Peace on Earth」のトールペイント（※）過去作出展
世界はコロナ　ウクライナ　気候変動などに翻弄され
日常の大切さや平和のありがたさの想いによる
小杉での昼食はいつもの店に行くが２軒とも閉店
コロナの影響を実感することに
トールペイントは1993年明石時代から始め
続く広島時代を併せ５年間　当時作品は段ボール３箱に
その後15年のブランクを経て会社定年後の2013年再開
代表作は「ノアの方舟５艘　メリーゴーラウンド　観覧車」
「思い立ったが吉日」すぐ実行することが大事
一度やれば身につく　小さなことから挑戦してみよう！

※トールペイントとは
　木、ブリキ、ガラスなどの素材に絵を描くこと
　製作工程は次の通り
　デザインをトレーシングペーパーに写す→
　外形をグラファイトペーパーで木に転写→
　電動糸鋸で木をカット→
　カット部分をやすりがけ→
　下地剤を全面に塗布→
　細部デザインを転写→
　アクリル絵の具でペイント→
　コーティング剤を塗って完成

6月24日（土）

少子化とマイナとコロナ

少子化対策財源論は先送りで不透明なまま
異次元の大風呂敷を広げても
中身の財源セットが整わないなら綺麗に包み込めない
マイナカード政策も同様　いいことばかり提示され
２万円のポイントにつられて取得してしまったが
問題発生は事前に予測できたはずなのに？
コロナは終わりの無いドラマのよう
時間内には解決できず物語は延々と続いていく
少子化　マイナ　コロナの共通項は先が見えないこと
先がわからないことを悩んでみてもどうにもならない

6月25日（日）

コロナの雨

梅雨の時期は"雨ソング"の特集が多くなる
つゆ知らずいつの日か梅雨は明け
やまない雨は無いが
コロナの雨はやまない"ENDLESS RAIN"（X JAPAN）？
コロナの雨に濡れないよう自宅に閉じこもる
一年を通して梅雨は一時期だが
コロナは一定の周期で何回も山が訪れる
物価高や電気代高騰での生活に慣れるのも嫌だが
定点把握で感染の実態は見えなくなっていて
「コロナ慣れ」が一番怖い
「ウィズコロナ」と「ウィズマスク」はまだまだ続く
"たどりついたらいつも雨ふり"（ザ・モップス）or
"レイニーブルー"（徳永英明）の心境か？

6月27日（火）

始まりは沖縄？　　　　　　　　　　　ショート231

沖縄は昨日梅雨明けだがコロナ感染が急拡大
第8波に迫る勢いで隠れ感染者も多数いるとみられる
更にＲＳウイルスなどコロナ以外の感染症も増加
今月12〜18日コロナ定点当たりは他を抜きん出る28.47人
移行時8日からの1週間6.07人の4.7倍になる
オミクロン株「XBB系統」が主流になっている
感染力は強く免疫が効きにくく
接種から半年以上が過ぎ予防効果も薄れている
18日時点の病床使用率は57.8％（507人入院）
27日には入院800人超えで病床使用率100％超の恐れも
救急搬送人員は19〜25日1,858人（前週＋186人）
既に第9波の最中　第6波同様　始まりは沖縄から？

6月30日（金）

見たくないもの　　　　　　　　　　　ショート232

映画鑑賞料金は2,000円に値上がりしている
「これでインディ」と言える値段ではないが
"インディ・ジョーンズと運命のダイヤル"が本日公開
"レイダース／失われたアーク《聖櫃》"の岩シーンで
ディズニーシー"クリスタルスカルの魔宮"にも登場の
なかなか抜け出せない暗いコロナトンネルのなかで
魔球となった塊がコロコロ転がり続け
だんだんでかい玉となりゴロゴロ押し迫る
第9波の岩の塊が襲ってくる予感を彷彿させる
沖縄では既に第9波に見舞われている
コロナの重圧から逃れたいのに逃れられない
コロナはまだまだ油断できない存在
コロナの巨大石が人々を蹴散らす光景が目に浮かぶ

【7月1〜31日】

　全国旅行支援は6月末までに17都府県が終了となるが、30道県が7月以降も期間延長するとのこと。7月はパンや小麦粉を中心に飲食料品3,566品目（昨年同月1.5倍）の値上げが予定。

　2日沖縄のコロナ入院者数が急増し1,031人になる。昨年8月の第7波ピークの1,166人に匹敵する規模。

　4日エムポックス感染者が山梨県で初確認。

　5日「第9波に入ったと判断するのが妥当」と日本医師会の見解。

　6日東京都の6月26日〜7月2日報告数2,841人（＋264人）、定点当たりは6.85人（110％）、入院者数は1,089人（＋58人）。大阪府は5.93人（115％）、報告数は1,754人（＋248人）。東京商工リサーチによると飲食業倒産1〜6月上半期は過去30年間最多の424件（昨年同期237件）うち新型コロナ関連倒産は288件。すべての飲食店が人手不足に陥り、食材費や電気代高騰によるコストアップが重くのしかかる苦境が鮮明となる。

　7日全国の6月26日〜7月2日報告数3万5,747人（＋5,492人）、定点当たりは7.24人（118％）。5日時点の入院者数は9,140人（＋978人）うち重症者数は185人（－12人）。感染者は富山を除く46都道府県で増加。沖縄は報告数2,613人、定点最多48.39人（123％）、推計値1万2,260人、入院者数1,130人、病床使用率は5日78％に。米ファイザーと米モデルナの日本法人は「XBB.1.5」に対応する1価ワクチン製造販売承認を厚労省に申請（9月以降導入）。

　12日帝国データバンクによると12日時点で2023年の飲食料品値上げが3万品目を突破（昨年は2万5,768品目）。

　13日東京都の3〜9日報告数3,152人（＋311人）、定点当たりは7.58人（111％）、入院者数は1,176人（＋87人）。大阪府は7.87人（133％）、報告数は2,330人（＋576人）。

　14日全国の3〜9日報告数4万5,108人（＋9,361人）、定点当たりは9.14人（126％）。12日時点の入院者数は1万376人（＋1,236人）うち重症者数は208人（＋23人）。感染者は沖縄41.67人と青森を除く45都道府県で増加。九州を中心に16県で定点10人を超える。厚労省

分科会はワクチン接種後死亡37人へ一時金支給を認め計109人に。

16日ウインブルドン車いす男子シングルスで小田凱人選手が優勝。

18日コロナ後遺症国内初の約12万人（2020年1月〜2022年6月感染者）を対象に全国調査が実施され、高齢者は鬱などの発症率が高くなり、2〜5割の高い確率で症状が長期化していることが明白に。

20日東京都の10〜16日報告数3,407人（＋255人）、定点当たりは8.25人（109％）、入院者数は1,333人（＋157人）。大阪府は10.22人（130％）、報告数は3,036人（＋706人）。

21日全国の10〜16日報告数5万4,150人（＋9,042人）、定点当たりは初の10人超え11.04人（121％）。19日時点の入院者数は1万2,979人（＋2,603人）うち重症者数は255人（＋47人）。感染者は43都道府県で増加し、定点10人超えは西日本を中心に30府県に上った。沖縄の推計値は4週ぶりに1万人を下回る8,060人（報告数1,719人の4.7倍、定点全国最多31.83人）、入院者数は20日753人となる。エムポックス感染者が広島市内で初確認（14日時点計191人）。

24日毎日新聞世論調査（22・23日）では内閣支持率28％（−5P）、不支持率65％（＋7P）。読売新聞（21〜23日）は支持率内閣発足以来最低35％（−6P）、不支持率52％（＋8P）となる。両紙では物価高対策やマイナンバー問題への不満が目立つ。その他7月支持率は朝日新聞37％、共同通信34.3％、産経新聞・FNNも41.3％といずれも5ポイント前後急落。不支持率は各紙50％超え。

25日厚労省は5類移行後、入院者数と重症者数はすべての医療機関報告を続けていたが、9月下旬以降全国500ヵ所の「基幹定点報告」に切り替えると発表。17〜23日の1週間は熱中症による救急搬送者が全国で9,190人（昨年2倍超、死者10人、重症者200人）に。なお、10〜16日は8,189人（死者3人、重症者186人）。3〜9日は3,964人。九州北部が最後の梅雨明け（関東甲信は22日）。

26日東京都心は今年最高37.7℃で今月8回目過去最多の猛暑日。総務省は今年1月1日現在日本の人口は1億2,242万3,038人となり昨年に比べ80万523人少なくなったと発表。

27日東京都の17〜23日報告数3,898人（＋491人）、定点当たりは5週連続増加の9.35人（113％）、入院者数は1,554人（＋221人）。大

阪府は13.56人（133％）、報告数は4,028人（＋992人）。

28日全国の17〜23日報告数6万8,601人（＋1万4,451人）、定点当たりは13.91人（126％）で移行後10週連続増加。26日時点の入院者数は1万6,386人（＋3,407人）うち重症者数は291人（＋36人）。感染者は香川と沖縄（22.43人）を除く45都道府県で増加し、定点10人超えは37府県（前週＋7）に上った。最多は佐賀の27.44人で九州は福岡を除く7県で定点20人超えとなる。5類移行後の死者数が初公表され、死亡診断書上新型コロナと記載された数は5月1,367人（前月比58人減）となる。厚労省はXBB系統対応ワクチンを米ファイザーと米モデルナから計2,500万回分購入合意を発表。

29日朝日新聞全国調査でパルスオキシメーターが約30万個未返却。

31日厚労省専門部会は国内初となる第一三共が開発した従来株対応ワクチン製造販売の承認を了承。塩野義製薬は継続審議となる。

〈救急搬送困難事案の状況（内数）〉

7月2日までの1週間2,757件（東京1,485件）。9日までは2,994件（東京1,672件）。16日までは3,634件（東京1,935件）。23日までは4週連続増加となる4,357件（東京2,301件）。

〈インフルエンザの状況（内数）〉

7月2日までの1週間6,228人（東京382人、大阪172人、鹿児島1,826人）。9日までは8,193人（東京507人、大阪223人、鹿児島2,485人）、29都府県で増加。16日までは8,640人（東京514人、大阪267人、鹿児島2,462人）、28都府県で増加。23日までは7,847人（東京413人、大阪253人、鹿児島1,699人）。

〈ヘルパンギーナ感染者の状況〉

6月19〜25日の1週間1万8,176人（定点5.79人）。6月26日〜7月2日2万360人（定点6.28人）、25都道府県で警報基準6人超え。3〜9日2万2,980人（定点7.32人）、29道県で前週を上回り、9週連続増加、過去10年最多を3週連続更新、宮城県が最多23.2人。10〜16日2万1,443人（定点6.86人）、6人超えは21都道県。

7月1日（土）

今更ながら思うこと　　　ショート233

コロナ定点把握から6週連続増となる数値が昨日発表
全国では3万255人　定点6.13人で移行後の2.33倍
専門家は「第9波」の始まりを指摘する
魚は鮮度が命だが　今更ながら報告数は新鮮味に欠ける
週1回5日前までの1週間分の低点（定点）数値
実態数字を反映していないし感染注意報や警報もない
天気予報は毎日あるが　コロナ予報はない
沖縄ではコロナ地雷を踏み　感染爆発のジュライとなる
あっという間　知らぬ間に　定点39.48人　推計1万人／週
第8波ピーク（1月参考値31.85人）を超える水準となる
病床使用率は28日時点68％　医療もひっ迫
政府は「ただ見ているだけ　何の対策も取れない」
失望感と無力感に加え　暑さのじめじめ感が漂う

沖縄29鹿児島39とは？　　ショート234

沖縄では「RSウイルス感染症」も増加
5月8日〜6月25日患者数457人　6月19〜25日定点4.35人
コロナ定点は全国1位の39.48人で29（二重苦）
鹿児島ではインフル　コロナ　ヘルパンギーナが同時流行
インフルは6月19〜25日1,646人　全国1位定点18.09人
コロナ感染は同期間1,066人　全国2位定点11.71人
ヘルパンギーナは警報発令基準定点6.0の2倍超12.25人
三つ巴の状況で39（三重苦）
苦しい話題だけではない
大谷選手は6月最終　真夏日ジャストの30号（月間15本）
今季最長約150mロケット弾をかっ飛ばす

7月3日（月）

キュー！　Q？

第9波の始まりにちなみ「きゅう」の漢字を挙げてみた

九：年末の定番から夏へ　コロナ「第九」が鳴り響く

急：沖縄では急激にコロナ感染者が急増し医療崩壊

旧：旧態依然として対策は取れず見ているだけ

救：救急搬送困難事案件数は相変わらず減らない

休：5類移行後も休日の繁華街は人で混む

求：飲食店従業員はコロナ禍で去り求人しても人は来ず

泣：後遺症で失業し泣くに泣けずに苦しむ人も

球：球場は声出しOK　マスク無し

給：給与は上がっても物価高に追い付けず

窮：生活に窮しても政府には通じない

究：コロナ究明は自然由来か研究所流失か評価が割れる

級：インフルは学級閉鎖から始まり　学年へ全校へ拡大

7月4日（火）

あの課題はいずこへ？（番外）

国会議員「調査研究広報滞在費」は結論が出ないまま

昨年4月日割り支給（月100万円）の法改正のみ

「文書通信交通滞在費」から名称変更されたが

使途不明　非課税のまま　1年半以上放置

「旧統一教会問題」は時間ばかりが費やされ

質問のやりとりばかりが続く「腰砕け状態」

「骨太の方針」は「骨抜きの放心」状態

財源先送り「骨折り損のくたびれ儲け」になるか？

「異次元」は少子化ではない　大谷翔平選手への言葉

マイナカードは「マイナズ（－複数形）カード」へ進展

政府は各種課題の打開策を見いだせず

内閣支持率も低下し政局は大わらわ

７月６日（木）
〈ちょっと休憩（最近の感染症豆知識）〉
【ヘルパンギーナ】（５類感染症全国約3,000小児科定点把握）
　ウイルス感染症で幼い子どもを中心に流行　夏風邪の一種
　発熱・喉の痛み・口腔粘膜の水膨れなどが現れる
　重症化すると髄膜炎や心筋炎を発症
　飛沫・接触感染　２〜４日の潜伏期間
　特効薬や抗ウイルス薬は無く対症療法のみ

【ＲＳウイルス】（５類感染症全国約3,000小児科定点把握）
　ＲＳウイルスによる呼吸器系の感染症
　例年秋から冬にかけて主に乳幼児の間で流行
　発熱・鼻水・咳の症状　細気管支炎や肺炎へ進展の場合も
　飛沫・接触感染　４〜６日の潜伏期間
　効果的な薬は無く対症療法が基本

【麻疹（はしか）】（５類感染症全数把握）
　麻疹ウイルスによる急性熱性発疹性の感染症
　発熱・喉の痛み・咳・目の充血　更に全身に発疹が広がる
　重症化すると肺炎や脳炎などの合併症を引き起こす
　空気・飛沫・接触感染　10〜12日の潜伏期間
　抗ウイルス薬は無く対症療法が主体

【エムポックス（旧サル痘）】（４類感染症保健所届出）
　サル痘ウイルス感染による急性発疹性疾患
　発熱・発疹・喉の痛み・リンパ節の腫れが現れる
　多くは２〜４週間で自然回復するが小児重症化死亡例も
　動物との接触でヒトへ感染　飛沫・接触感染
　通常６〜13日（最大５〜21日）の潜伏期間
　日本では具体的な治療薬は認められていない
　1970年ザイール（現コンゴ）でヒト初感染確認
　2022年７月25日国内初の患者が報告

7月11日（火）

とにかく暑い！（番外）　　　ショート237

昨日東京都心は今年初の猛暑日36.5℃となり
都内では熱中症疑いで救急搬送今年最多167人
うだる暑さ　危険な暑さは今日も続く
「GOLDFINGER'99」（郷ひろみ）のフレーズが頭に浮かぶ
ちょっと歩けば汗が出る　後で「あせも（汗疹）？」
「Ah！Too」「Me, too」身痛か？
汗だく　下着びちょびちょ　汗まみれ
Hot Hotter Hottest「hot（ほっと）けない」
お昼は「ほっともっと」の弁当か？
クーラーつけないと　頭がクーラクラ　昨日初エアコン
家でも昼間は暑苦しく　夜は寝苦しい
汗（焦）らず　汗水たらさず　こまめに水分補給！

※追記：12日東京都心は37.5℃、八王子市では今年全国最高39.1℃
　　　　全国58地点で猛暑日となる

7月15日（土）

ピアノ音律にたとえる　　　ショート238

3年前に我が家のピアノは卓球台に置き換わったが
ピアノの鍵盤を左から右へ弾くように
感染者数の音律が高まっていく
7月3〜9日のコロナ全国定点は9.14人
ドから次のドまでの8音と同様　移行後8週連続増加
ピアノの鍵盤数は全部で88鍵
八は末広がりで感染も広がる
ワンオクターブは12音　12週連続になるかも？
盛夏に向かって感染クレッシェンドか？

7月16日（日）

オノマトペ集結

「グングン」気温が上昇「ジリジリ・ムシムシ」の暑さ
「ザァザァ」秋田では昨日から記録的大雨で河川氾濫も
「ドシャドシャ・ドロドロ」土砂災害で家も道路も被害
「ゴクゴク・ガブガブ」水を飲み「ダラダラ」汗も出る
「ズルズル・イライラ・モンモン」の一日が過ぎていく
「ドンドン・バンバン・ガンガン」感染者数は増加の一途
「ヒタヒタ・ソロソロ・ビクビク」コロナの影が忍び寄る
「ノコノコ」外出できず「クラクラ」したら屋内熱中症に
「グダグダ」言っても始まらず「コツコツ」やるしかない
「コロコロ」話を変えて　付け足し・おひたし酒の肴に
「タラタラ・トロトロ」やっていても「サバサバ」せず
「マスマス」落ち込んで「ハタハタ」困ることになるが

7月21日（金）

再開×2

感染者は9週連続増幅し10〜16日全国定点は11.04人
人々の警戒心は薄れてきたのだろうか？
観光地やイベントでは脱マスクが目立ってきている
灼熱列島の危険な暑さは一段落したが真夏日は続く
とはいえずっと家に閉じこもっているわけではない
今月　藤沢の友達の家に遊びにいくなど2回外出
毎週　土曜日には孫たちが遊びに来る
今日　小学校の夏休みがスタート　じいじ託児所再開か
小学1年生の孫娘の夏休み自由研究を頼まれて
2016年から7年のブランク後トールペイント再開
日々のコロナ情報収集やメッセージで頭は休まらない
断捨離などやらなければならないことも残っている
暑さやコロナにめげず　やりたいことをやるしかない！

7月28日（金）

１０１０来たか？

第8波の「踏襲？」いや　感染者は「10週」連続増加
いったいいつまで「第9波入り口」と言い続けるのか？
17～23日全国定点は13.91人　45都道府県で増加
定点10人を超えるのは37府県　20人超えは9県
移行前1週間の全国定点参考値は1.8人
ヤバい（8倍、1.8×8＝14.4人）状況に近づいている
東京の猛暑日は今日7月最多の「10回目」となる
今年の夏は「10年」に一度の危険な暑さ
「１０１０来たか？」となっている
吹く風はドライヤーのように生暖かく
感染者はどんどん増えるプラスの風
経済優先の政府にはマイナ風が吹き荒れる
インフルエンザの風も収まらない

※追記：7月猛暑日は東京過去最多13回、全国最多は27日251地点

7月29日（土）

復活夏の風物詩

とうもろこしに　綿あめ　かき氷
子どもたちにも4年ぶり近くの公園での盆踊り
昨日開宴1時間前の17時半に孫3人と行く
子どもたちはフランクフルト＆かき氷
孫2人は小学校の盆踊りへ行くので踊らず帰る
今日も太鼓の鳴り響く音が聴こえる
テレビでは4年ぶり復活の隅田川花火大会
「地球沸騰の時代」で危険な暑さは続いている
コロナ感染者は緩やかに上昇している
そんななか　夏の風物詩がよみがえる

コロナ基準不明瞭

夏本番を迎え旅行や帰省での感染者リスクが高まる

感染者が増加するなか　コロナ注意喚起の基準もない

同5類インフルは10人「注意報」30人「警戒」の基準

コロナ独自基準を設けている県もある

静岡県は8人以上「注意報」16人以上「警報」（※）

鳥取県は10人で「注意」20人で「警戒」と定める（※）

基準要望書は東京都4月　大阪府は移行時既に提出

政府はデータ蓄積不十分とし基準作成に後ろ向き

コロナへの関心が薄れるなか

注意喚起のタイミングが失われる

※静岡は7月14日「感染拡大注意報」発令（7月3〜9日定点8.12人）

　鳥取は県内3区域に分け7月26日より2区域警戒、1区域注意発令

【8月1～31日】

　7月の平均気温は25.9℃となり45年ぶり記録更新となる。東京都心の平均気温は28.7℃で統計開始1875年以来最も高い。熱中症救急搬送は7月3～30日の4週間で全国搬送数は3万3,000人。飲食料品値上げは調味料やパック牛乳など1,102品目（昨年同月2,516品目）。

　8月は台風シーズンでもある。台風6号が沖縄に接近中。気象庁データでは例年8月は平均5.7個（9月は5個、両月接近数3.3個）。

　1日大分県はコロナ独自基準で運用開始。インフル基準を準用し、10人以上は注意報、30人以上警報。現状は21.12人で注意報レベル。

　2日厚労省は第一三共が開発した初期従来株対応コロナワクチン「ダイチロナ」（メッセンジャーRNAワクチンタイプ）の製造販売を正式承認。供給は予定していない。米モデルナワクチンについて対象年齢を6歳以上に引き下げを承認（従来株対応初回接種用とオミクロン株対応の追加接種用、XBB対応6歳以上は承認申請中）。ＲＳウイルス感染症は西日本で減少傾向となる。

　3日東京都の7月24～30日報告数4,613人（＋715人）、定点当たりは11.12人（119％）、入院者数は1,757人（＋203人）。大阪府は14.66人（108％）、報告数は4,399人（＋371人）。

　4日全国の7月24～30日報告数7万8,502人（＋9,901人）、定点当たりは15.91人（114％）。2日時点の入院者数は1万9,299人（＋2,913人）うち重症者数は350人（＋59人）。定点10人超えは43都府県、20人超え12県、30人超えは佐賀31.79人と長崎30.29人。

　6日厚労省はワクチン追加接種（今年度無料）をXBB対応で全世代対象に9月20日開始の方針を決める。オミクロン株BA.5対応追加接種は9月19日に終了。

　8日熱中症で救急搬送された人は8月6日までの1週間全国1万810人（前週－955人、死者18人、重症者260人）。

　9日ＷＨＯはオミクロン株系統子孫株「EG.5（エリス）」を「注目すべき変異株」に分類。北米や英国で急速に感染者が増加。

　10日東京都の7月31日～8月6日報告数4,750人（＋137人）、定点当たり11.53人（104％）、入院者数は2,060人（＋303人）。大阪府

は13.69人（93％）、報告数は4,093人（－306人）。

11日厚労省はコロナ「注意」目安の４指標を作成。外来（ひっ迫25％超）、感染者数（定点）、入院患者数（過去ピーク半数超）、病床使用率（50％超）。各都道府県は指標を参考に警戒基準設定。

14日全国の７月31日〜８月６日報告数７万7,937人（－565人）、定点当たりは移行後初の減少の15.81人（99％）。９日時点の入院者数は２万1,000人（＋1,701人）うち重症者数は378人（＋28人）。23都道県で感染者増加、20人超えは10県で最多は佐賀県の34.69人。

15日名古屋工業大学の研究チームはＡＩを活用した東京都内の感染者予測を発表。お盆期間中の帰省や旅行で人の動きが活発になることで、今月下旬まで「第９波」のピークが続く見込み（下旬までの約３週間は一日１万人台で推移）とのこと。熱中症で救急搬送された人は８月13日までの１週間全国7,266人（前週－3,544人、死者10人、重症者148人）。

17日東京都の７〜13日報告数3,939人（－811人）、定点当たりは10.37人（90％）、入院者数は2,468人（＋408人）。大阪府は10.23人（75％）、報告数は3,078人（－1,015人）。

18日全国の７〜13日報告数６万7,070人（－１万867人）、定点当たりは14.16人（90％）。16日時点の入院者数は２万2,339人（＋1,339人）うち重症者数は391人（＋13人）。感染者は12道県で増加、最多は佐賀24.59人、最少は沖縄6.72人。減少は週の後半３連休で医療機関が休みの影響も。国立感染症研究所の報告によると、７月下旬時点でEG.5系統が国内で最も多い23.6％となった。

21日厚労省分科会はワクチン接種後死亡47人へ一時金支給を認め計156人となる。

22日熱中症で救急搬送された人は８月14〜20日に全国で7,360人（前週＋94人、死者11人、重症者117人）。

24日東京都の14〜20日報告数4,385人（＋446人）、定点当たりは10.96人（106％）、入院者数は2,686人（＋218人）。大阪府は11.88人（116％）、報告数は3,576人（＋498人）。ＷＨＯは17日新変異株「BA.2.86（ピロラ）」を監視下の変異株に指定する。福島第一原発処理水の海洋放出が始まる（今後30年程度続く）。

25日全国の14～20日報告数8万6,756人（＋1万9,686人）、定点当たりは17.84人（126％）。23日時点の入院者数は2万4,405人（＋2,066人）うち重症者数は430人（＋39人）。感染者は41都道府県で増加。定点20人以上15県、30人以上は岐阜31.03人と岩手30.42人。

28日厚労省専門部会は国内初の「ＲＳウイルスワクチン」を了承。対象は60歳以上の成人。大阪府はコロナ無料検査で新たに5事業者39.1億円の不適切申請発覚と発表（6月42.8億円、計81.9億円）。

29日熱中症で救急搬送された人は8月21～27日に全国で7,424人（前週＋64人、死者7人、重症者191人）。

30日全国ガソリン平均価格は28日時点1リットル185.6円で15週連続の値上がり。15年ぶりに最高値更新（2008年8月の185.1円）。首相は10月以降年末まで175円程度に抑制すると補助金延長を表明。電気、都市ガス料金も12月使用分まで現行支援延長の方針。

31日東京都はコロナ注意喚起参考数値を公表。外来ひっ迫25％超、定点19.78人超、入院患者数2,230人以上、病床使用率50％超。

〈救急搬送困難事案の状況（内数）〉
7月30日までの1週間4,465件（東京2,117件）5週連続増加。6日までは4,412件（東京2,057件）。13日までは5,273件（東京2,434件）。20日までは5,357件（東京2,453件）。27日までは5,356件（東京2,560件）。

〈インフルエンザの状況（内数）〉
7月30日までの1週間8,088人（東京500人、大阪275人）。8月6日までは7,090人（東京508人、大阪253人）。13日までは5,082人（東京395人、大阪201人）。20日までは4,913人（東京374人、大阪331人）。

〈ヘルパンギーナ感染者の状況〉
7月17～23日の1週間1万4,789人（定点4.71人）、定点6人超え12道県。7月24～30日1万3,629人（定点4.34人）、10人超え5道県、山形最多21.86人。7月31日～8月6日9,581人（定点3.06人）、山形最多17.79人。7～13日5,470人（定点1.81人）、山形最多10.07人。14～20日2,873人（定点0.93人）、山形最多3.25人。

8月1日（火）

ヒトが先

「ヒト　モノ　カネ　情報」は4大経営資源と言われる
最初にくるのはまず人　金ありきではない
不正ビックリ（ビッグ）モーターは金が先の不祥事か？
「ジン　ブツ」と読めば「人物＝人材は金なり」
「時間」も重要な要素
「聞く力」は「聞き流す力あるいはパフォーマンス？」
課題先送りの政府に世論の信頼は遠のく
ヒト：コロナ対策も医療従事者が疲弊すれば崩壊する
モノ：ベッドを増床しても幽霊病床になってしまう
カネ：いくら金をつぎ込んでも肝心の人がいなければ……
情報：タイムリーで正確な情報把握と判断・実行が必要
教訓は第8波までいくつもあったのに？
飲食店や運輸業界は人手不足で悩んでいる
人を育てる努力を継続しないと衰退していく

8月4日（金）

ビッグバン到来？

キタ　キタ　"北北西に進路を取れ"ではないが
ヒタ　ヒタ　コロナが拡大する
移行後12週目の7月24〜30日全国定点は15.91人
11週連続増加のズルズル状態を引きずる
時既に遅しだが政府は定点基準値設定の検討に入る
第9波は長く続く助走の果てビッグバンへ？
「ビッグにバ〜ン」と爆発していくのか？
感染重症化から逃れる術はワクチンだが接種疲れも？
有効期限付きワクチン接種を今後打ち続けるのか？
接種は不確実性の時代に入っていくのか？
コロナもワクチンも先が見えない

8月10日（木）

暑さにまいる

コロナ感染者の一向に減らない数値にまいるが
この暑さには辟易し　まいってしまう
我慢できず午前中からエアコンかけっぱなし
夜も暑さは残り眠れずにまいる
敷布団は日中照らされ就寝時ホットカーペット状態
風呂上がりの体のほてりは引かず　暑さの上塗り
夜風もなく　空気は生暖かく　生はんか状態
夜通し冷房を効かせすぎると風邪を引く
体温調節機能はぶっ壊れる
8・9日はとうとう体調不良でダウンする
マイるを貯めても特典なしで疲労が溜まるだけ
眠れない夜はこれからも続いていく

8月11日（金）

4つの指標

"ちあき　なおみ"の歌に「四つのお願い」があるが
政府はコロナ感染拡大時の「4指標」目安を示す
外来　定点　入院患者数　病床使用率の4つ
事務連絡で9日都道府県に周知させ
必要に応じ基準設定してもらう「お願い」だ
待ちきれず既に独自基準を運用した県もある
全国知事会などから策定を求める声が上がっていた
5類移行後3ヵ月経過後の有様だ
感染状況は7月末の週で11週連続増加している
今更本指標で運用する知事はいるのだろうか？
検討ばかりに時間を費やし
やることなすことすべてが事後対応の人任せ対策

8月14日（月）

お盆に思う

コビッド　チョビット減少　先週の99％
8月6日までの1週間は移行後初の感染者減少
その前週までは11週連続増加の記録
ただし全国定点15.81人は10人超えの4週連続
人々は祭りや花火やコミケなどイベントへ繰り出す
4年ぶりの反動が心を掻き立てるのだろうか？
お盆も帰省や旅行へと車や人の波
お盆後の感染状況も気になるところ
派生型「EG.5」は日本で7月中旬14％を占めるとのこと
明日は台風7号ラン（Lan）が紀伊半島に上陸する
中国からのインバウンドはこれから増加し
コロナ株もフリーマーケットに突入するのか？

8月26日（土）

あっという間に

あっという間に時は過ぎ
あっという間のコロナ3年半以上
街や観光地は外国人観光客で溢れかえる
音楽ライブはいつも通りに開催されているが
年7〜8回は行っていたのに　未だその気になれない
20日までの1週間全国定点は5類移行後最多17.84人
受診しない自宅療養者や無症状者も相当数いるだろう
残暑は酷残暑に　日中はトールペイントに熱中
ガソリン　物価　猛暑続きでエアコン電気代も
すべてがハイになり　気分はロウになる
どこまで苦しめばいいのか
もうすぐ苦月（9月）に入る

【9月1〜30日】

　政府は感染症対応の司令塔となる「内閣感染症危機管理統括庁」を9月1日発足。1日は「防災の日」で、関東大震災は1923年から100年が経つ。電力大手10社（都市ガス大手4社も）は9月から料金を大幅値上げする（9月は従来補助が半減）。12月までは補助が延長されるが……。9月は調味料が最多の1,257品目など2,067品目（昨年同月2,920品目）が値上げ。

　東京都の8月21〜27日報告数5,956人（＋1,571人）、定点当たりは14.53人（133％）、入院者数は2,682人（−4人）。大阪府は12.40（104％）、報告数は3,744人（＋168人）。

　1日全国の8月21〜27日報告数9万3,792人（＋7,036人）、定点当たりは19.07人（107％）。8月30日時点の入院者数は2万4,804人（＋399人）うち重症者数は422人（−8人）。感染者は28都府県で増加、30人以上は岩手31.71人と青森31.30人。全国の学校で2学期が始まっているが、コロナ感染による学級閉鎖が相次いでいる。8月31日時点149クラスが閉鎖中。厚労省は米ファイザー製「XBB.1.5」に対応したワクチンの国内製造販売を特例承認（モデルナ審査中）。生後6ヵ月以上が対象で、20日開始の追加接種（初回可）で使用。ワクチン接種後死亡は新たに54人が認定され計210人となる。審査未了は依然4,211件に及ぶ。

　5日熱中症で救急搬送された人は8月28日〜9月3日に全国で4,195人（前週−3,229人、死者3人、重症者99人）。

　6日全国ガソリン平均価格は16週連続値上がりの1リットル186.5円と最高値更新。政府は9月7日から補助拡充を実行すると表明。10月中には175円程度に圧縮するとのこと。

　7日東京都の8月28日〜9月3日報告数7,043人（＋1,087人）、定点当たりは17.01人（117％）、入院者数は2,782人（＋100人）。大阪府は14.35人（116％）、報告数は4,361人（＋617人）。東京都は新たな変異株「BA.2.86系統」を国内で初確認と発表。今月6日までにデンマークやタイなど42件の確認が報告されている。

　8日全国の8月28日〜9月3日報告数10万1,289人（＋7,497人）、

定点当たりは3週連続増加の20.50人（107％）。6日時点の入院者数は2万3,673人（－1,131人）うち重症者数は413人（－9人）。感染者は37都道府県で増加、最多は岩手35.24人。厚労省は「病床確保料」について2021年度までの2年間で計504億円を過大に支給していたと発表。病院側が支給対象外の患者退院日も申請に含めるなど交付条件を誤っていたケースがほとんど。

12日厚労省はモデルナ製「XBB.1.5」対応ワクチンを承認する。尾﨑東京都医師会長は現在の状況を「第9波に入っており、第8波ピークに迫る勢い」との見方を示す。都内ではEG.5（エリス）が36％の主流に。ヘルパンギーナは8月28日～9月3日定点当たり1.07人（前週1.09人）と過去10年の同期の平均よりも少ない（記載終了）。熱中症で救急搬送された人は4～10日に全国で2,295人（前週－1,900人、死者4人、重症者35人）。

13日第二次岸田再改造内閣が発足。全国ガソリン平均価格は11日時点1リットル184.8円と安くなり、41都道府県で値下がりする。

14日東京都の4～10日報告数6,824人（－219人）、定点当たりは16.36人（96％）、入院者数は2,353人（－429人）。大阪府は14.62人（102％）、報告数は4,458人（＋97人）。

15日全国の4～10日報告数9万9,744人（－1,545人）、定点当たりは20.19人（98％）。13日時点の入院者数は2万1,233人（－2,440人）うち重症者数は387人（－26人）。感染者は4週間ぶりに減少するが、定点20人超えは20県、最多は宮城32.47人。国立感染症研究所は9月18日の週に「EG.5.1」が63％を占めると推計。厚労省は10月以降のコロナ治療薬の患者負担割合は9,000円を上限とすると公表。入院医療費の公費支援は最大月2万円から1万円へ半減、医療機関への病床確保料も縮小する。東京都は10月からのコロナ医療体制を見直し、入院調整や宿泊療養施設は終了、相談センターと高齢者医療施設は継続する。

16日厚労省はコロナ感染後にできる抗体保有率の調査結果を15日に発表。全体の抗体保有率は43.5％で、若年層で7割前後、高齢者は3割弱であることがわかったとのこと。

19日厚労省は従来株やオミクロン株対応ワクチンを約8,630万回分

順次に廃棄すると発表。モデルナ製は約7,000万回分の約5,150万回分（74％）、ファイザー製は従来株対応の約2億7,480万回分の約830万回分（３％）およびオミクロン株対応の約1億2,510万回分の約2,650万回分（21％）。塩野義製薬は飲み薬「ゾコーバ」について高齢や持病などの重症化リスクが高い患者への効果が臨床研究で確認されたと発表。沖縄では県内３例目となるエムポックス患者を確認と発表（2022年７月25日国内で１例目確認以降９月15日までに198例が報告）。熱中症で救急搬送された人は11〜17日に全国で2,949人（前週＋654人、死者３人、重症者36人）。昨年同期の1.4倍、厳しい残暑がその要因か。

　20日全世代を対象に今年度の秋冬接種が開始。「XBB」系統対応の１価ワクチンを使用（公費負担最後）。EG.5系統やBA.2.86系統に対し感染を防ぐ中和活性が確認されたとのこと。

　21日東京都の11〜17日報告数6,688人（−136人）、定点当たりは16.04人（98％）、入院者数は2,252人（−101人）。大阪府は12.99人（89％）、報告数は3,961人（−497人）。

　22日全国の11〜17日報告数8万6,510人（−1万3,234人）、定点当たりは17.54人（87％）。20日時点の入院者数は1万8,675人（−2,558人）うち重症者数は334人（−53人）。感染者は横ばいの香川を除く46都道府県で前週を下回る。最多は埼玉の24.98人、千葉23.99人、宮城22.77人と続く。京都で「BA.2.86」の感染者が初確認される。総務省消防庁は８月の熱中症救急搬送状況を発表。全国３万4,835人（昨年同月1.7倍）、高知県を除く46都道府県で昨年を上回り、北日本で大幅増加。死者48人、重症者768人、65歳以上が55％を占める。気象庁によると８月の平均気温は平年に比べ北日本で3.9℃、東日本で2.1℃高い。

　25日厚労省は日本の製薬大手エーザイと米製薬企業バイオジェンが開発したアルツハイマー病の新薬「レカネマブ」の製造販売を正式承認（国内初の治療薬）。更に英製薬大手グラクソ・スミスクラインが開発した「ＲＳウイルスワクチン」の製造販売を承認（８月28日承認、60歳以上が対象で国内初）。

　26日熱中症で救急搬送された人は18〜24日に全国で1,301人（死

者2人、重症者18人）。前週より1,648人減だが、昨年同期の3.1倍。

28日東京都の18〜24日報告数3,688人（－3,000人）、定点当たりは8.89人（55％）、入院者数は1,769人（－483人）。大阪府は8.78人（68％）、報告数は2,677人（－1,284人）。

29日全国の18〜24日報告数5万4,346人（－3万2,164人）、定点当たりは11.01人（63％）。27日時点の入院者数は1万4,826人（－3,849人）うち重症者数は274人（－60人）。感染者は全都道府県で前週を下回り、最多は愛知16.61人。厚労省感染症対策課は「今夏の感染拡大のピークを超えた可能性がある」との見解を示す。「プール熱」は11〜17日4,539人、定点1.45人と過去10年間で最多となっている。

〈救急搬送困難事案の状況（内数）〉
9月3日までの1週間4,710件（東京2,406件）。10日までは4,312件（東京2,104件）。17日までは4,349件（東京2,290件）。24日までは4,154件（東京2,177件）。
〈インフルエンザの状況（内数）〉
8月27日までの1週間6,910人、定点1.40人（東京576人、大阪466人）。

9月3日までは1万2,638人、定点2.56人（東京1,225人、大阪743人）と先週の2倍に急拡大、学級閉鎖が各地で急増。

10日までは2万2,111人、定点4.48人（東京2,481人、大阪1,189人）と昨年同期の約166倍になり、流行目安の1.0人を超えたのは42都道府県に上る。学級・学年閉鎖や休校は前週約7倍の793施設。

17日までは3万4,665人、前週1.6倍の定点7.03人（東京4,742人、大阪1,384人）と昨年同期の約312倍となり、7都県が注意報レベル（基準値10人）を超える。最多定点は沖縄20.85人、千葉14.54人と続く。学級・学年閉鎖や休校は前週2倍以上の1,625施設。

24日までは3万5,021人、定点7.09人（東京5,060人、大阪1,534人）。5週連続増加で9都県が定点10人超え。最多は沖縄22.46人、千葉15.14人、愛知14.07人と続く。全国1,569の学校で学級閉鎖や休校。9月として異例の流行が続き、薬局では咳止めなどの薬が不足。

9月1日（金）

いたちごっこ ショート250

連続する真夏日と熱帯夜に悩まされる日々が続く
XBB対応ワクチンは20日から開始される
ウイルスは変異を続けその頃「EG.5系統」が主流か？
ウイルスとワクチンはまるで「いたちごっこ」
埒が明かずきりがない
新たな感染者は全国的に緩やかな増加傾向とのこと
「緩やか」と言えば聞こえはいいが……
5類移行直前参考定点1.80人の10.6倍19.07人と更新中
政府は状況を注視するだけでコロナどころではない
原発処理水対応や物価高対策に追われている
感染報道も下火になり人々の危機感は薄れていくのか？
このまま自粛継続かワクチンを打つか　またまた逡巡へ

9月12日（火）

新変異株登場 ショート251

新型コロナが第9波を迎えているなか
8月28日〜9月3日全国感染者数は10万1,289人
全国定点は20.50人と最多更新
そんななか新変異株エリス「EG.5」のお出ましか
感染力が強くEasy（たやすく）に感染を広げるか？
都内のある病院では6割を占め患者急増中
中等症から軽症で重症はそれほど多くないとのこと
従来のワクチン効果は薄いとみられる
今月7日にはピロラ「BA.2.86」も都内で初確認
WHOが監視下の変異株に指定されていて
8日時点で13ヵ国67件が検出されている
次から次へと変異株がやって来るのか？

9月14日（木）

いきなり？ ショート252

この1ヵ月半でトールペイント作品30点以上創作
昨日コロナで4年近く行けなかった渋谷へ外出
"東急ハンズ渋谷店"へ　ペイント材料購入が目的
昼は"いきなりステーキ"の店に入る
いきなり「注文はQRコードで」と言われる
スマホ操作苦手な高齢者には面倒だ
店員さんに直接注文し事なきを得る
コロナがもたらした人手不足解消の一端か？
この時期コロナとインフルがW流行している
コロナは第9波ピークへの階段を上り続けるのか？
インフル猛威で学級・学年閉鎖や休校が各地で急増
真夏日は東京で82日目の史上最多更新中
飲食料品値上げのピークも10月にやってくる
すべてがアップアップで暮らしにくい世になった

9月20日（水）

秋冬ワクチン接種開始 ショート253

コロナには「飽き」が来るが「秋」はなかなか来ない
東京では真夏日が88日目の更新になる
秋の期間は短く　コロナとインフルの時代へ突入か？
第9波は「EG.5」系統出現で長期化か？
今日からXBB対応1価ワクチン接種開始
来年3月31日までで最後の無料接種となるが
実態数はインフル接種同様わからなくなる
従来ワクチンは供給終了となり
在庫約8,630万回分が順次廃棄となる
廃棄金額は不明のまま……
「無いより増し（まし）だった」で済む話なのか？

9月21日（木）

細菌じゃない最近の話　　　ショート254

今日は雨が降ったりやんだりの天気
暑さも落ち着きようやく秋の訪れか？
エアコン依存から脱却し電気代が減少するか？
一足先にライブルームはペイントルームに様変わり
孫３人の将来の結婚式に備えウエルカムボードも創作中
明日は額購入で東急ハンズ渋谷店へ２度目の外出
孫娘は"雛人形"に続きペイントしたいとのことで
新作"ブランコする女の子"を提供し作成中
続メッセージは昨年５月以降今回で196編目となる
目標は200編超えで続コロナショック刊行が視界に入る
人生の残り時間が少なくなった今
貴重な時間をどう過ごすか
「このままでいいのか？」と自分に問い続ける

9月28日（木）

ぶり返す暑さ　　　ショート255

寒暖差はあるがこのところ秋らしくなってきた
ところが１週間ぶりに暑さがぶり返す
東京都心は33.2℃と90日目の真夏日（過去最多71日）
Hot（ほっと）したのも束の間で「ぶり」と言えば
北の海ではサケが激減しブリ大量の異変
海水温上昇でブリの北上がその原因か
コロナの感染ピークは過ぎ去った様相を呈する
東京の感染者数は３週間連続で減少
24日までの１週間定点東京8.89人と前週から約半減
　「BA.2.86（ピロラ）」でぶり返さないことを祈る
季節外れのインフルエンザ感染にも注意が必要

【10月1～31日】

　コロナ治療薬が今月から有料（2024年3月まで3,000～9,000円）。東京ディズニーリゾートのパークチケットは最高価格の1万900円に1日から値上げ。飲食料品値上げは下半期最多の4,634品目（今年累計は3万1,887品目）。酒税法改正で第3のビールなど酒類飲料が約7割占めるが、一部減税となるビールなど約800品目が値下げに。

　2日今年のノーベル生理学・医学賞に新型コロナワクチンの主成分となった遺伝物質「メッセンジャーＲＮＡ」の研究者カタリン・カリコ博士とドリュー・ワイスマン教授が選ばれた。気象庁は9月の平均気温が平年比プラス2.66℃で、2012年の同1.51℃を大幅に上回り、1898年統計開始以降最も高かったと発表。米大リーグエンゼルスの大谷翔平選手がア・リーグで日本人初の本塁打王（44本）に輝いた。

　3日観光庁は全国旅行支援について国の配分予算残により17道県が10月以降も実施すると明らかにする（1人1泊7,000円割引）。厳しい残暑の影響もあり、熱中症で救急搬送された人は9月25日～10月1日763人（昨年同期1.4倍、死者1人、重症者4人）。「エムポックス」は9月29日まで206人となり、感染がじわじわ広がっている。

　4日米モデルナは開発中のコロナとインフルエンザの混合ワクチン「ｍＲＮＡ-1083」について治験の最終段階に入り、2025年ＦＤＡ（米食品医薬品局）などへの承認を目指すと発表。

　5日東京都の9月25日～10月1日報告数2,951人（－737人）、定点当たりは7.08人（80％）、入院者数は1,370人（－399人）。大阪府は7.02（80％）、報告数は2,148人（－529人）。

　6日全国の9月25日～10月1日報告数4万3,705人（－1万641人）、定点当たりは8.83人（80％）。4日時点の入院者数は1万1,603人（－3,223人）うち重症者数は217人（－57人）。感染者は4週連続減少で、北海道を除く46都府県で前週を下回る。国立感染症研究所は9日の週には「EG.5.1」が約7割を占めると推計。日本医師会は医療機関の74％が院外の薬局から医薬品不足（1,489品目）に直面したとする緊急調査結果を発表。咳止めや痰を切る薬の不足が目立つ。2020年末から相次いだジェネリック医薬品メーカーの不祥事で業務停止命令に

より生産量減少がその背景。

　10日第一三共はコロナとインフルエンザ両方に効果がある遺伝物質「メッセンジャーRNA」を使った混合ワクチン開発の開始発表。

　11日「咽頭結膜熱（プール熱）」（※）は感染が拡大し、過去10年最多更新。9月25日〜10月1日は前週比38.2％増の定点1.81人、秋田を除く全都道府県で前週を上回る。福岡、沖縄、大阪、奈良の4府県で警報基準（3.0人）超えとなる。藤井聡太7冠は永瀬拓矢王座に勝利し8冠制覇。21歳2ヵ月で将棋界史上初の偉業達成。

　12日東京都の2〜8日報告数1,514人（−1,437人）、定点当たりは3.62人（51％）、入院者数は918人（−452人）。大阪府は3.85人（55％）、報告数は1,179人（−969人）。文部科学省は旧統一教会の解散命令請求を正式決定する（13日東京地裁に請求）。

　13日全国の2〜8日報告数2万5,630人（−1万8,075人）、定点当たりは5.20人（59％）。11日時点の入院者数は8,548人（−3,055人）うち重症者数は173人（−44人）。

　17日プール熱は過去10年最多を2週連続更新、6府県で警報レベル、2〜8日は前週比3.3％増1.87人、26都道府県で前週を上回る。会計検査院調査でコロナ分析機器「次世代シークエンサー」について8道府県21台が有効活用されず（支援金5.8億円）、民間向け7台も数回使用とのこと。

　19日東京都の9〜15日報告数971人（−543人）、定点当たりは2.33人（64％）、入院者数は690人（−228人）。大阪府は2.77人（72％）、報告数は849人（−330人）。会計検査院調査でコロナ対策の地方創成臨時交付金（コロナ交付金）について自治体がマスクや消毒液などの医療用品を必要以上に買い込む不適切使用が約112億円あったとのこと。「10月世論調査」では岸田内閣支持率は時事通信26.3％、FNN35.6％、読売新聞34％、毎日新聞25％、共同通信社32.3％、朝日新聞29％など、いずれも内閣発足以来の最低記録に。厚労省はXBB対応ワクチン計1,000万回分追加購入することを合意したと発表（ファイザー900万回分、モデルナ100万回分）。供給不足で一部の自治体や医療機関などで接種予約できない状況が起きていた（これまで3,500万回分）。

20日全国の9〜15日報告数1万8,587人（－7,043人）、定点当たりは3.76人（72％）。18日時点の入院者数は6,986人（－1,562人）うち重症者数は138人（－35人）。9月に熱中症で搬送された人は全国9,193人、2019年の9,532人に次いで2番目。

　23日厚労省はモデルナ製XBB対応ワクチンについて、ファイザー製と同様に初回接種でも生後半年から使用できることを認める。

　26日東京都の16〜22日報告数878人（－93人）、定点当たりは2.11人（91％）、入院者数は580人（－110人）。大阪府は2.53人（91％）、報告数は771人（－78人）。

　27日全国の16〜22日報告数1万6,075人（－2,512人）、定点当たりは7週連続減少の3.25人（86％）。25日時点の入院者数は5,806人（－1,180人）うち重症者数は106人（－32人）。厚労省はコロナ関連死者数が8月は最大4,911人だったとの試算を発表。昨年同月第7波の最大1万1,599人を大きく下回った。感染状況は8月下旬頃がピークで9月も死者数が多くなる可能性があるとしている。総務省消防庁は今年5〜9月に熱中症で救急搬送された人が全国で9万1,467人との確定値を発表（2018年の9万5,137人に次ぐ2番目）。搬送後死亡が確認された人は107人、全体の54.9％を65歳以上の高齢者が占める。発生場所は「住居」が39.9％で最多。

　31日プール熱は22日までの1週間で6,795人、定点2.16人となり、過去10年で最多を更新。7府県で警報レベル。

〈救急搬送困難事案の状況（内数）〉
　10月1日までの1週間3,302件（東京1,809件）。8日までは2,900件（東京1,554件）。15日までは3,011件（東京1,555件）。22日までは2,816件（東京1,494件）。29日までは2,714件（東京1,468件）。
〈インフルエンザの状況（内数）〉
　10月1日までの1週間4万7,346人、定点9.57人（前週1.35倍）。14都県で注意報水準の10人を超える（東京6,913人、大阪2,023人）。全国2,204の学校で学級閉鎖や休校。

　8日までは4万9,212人、定点9.99人。沖縄は30.85人で警報基準、12都県で注意報レベル（東京5,623人、大阪2,183人）。全国2,275の学

校で学級閉鎖や休校。

　15日までは5万4,709人、定点11.07人。37道府県で増加、17都県で注意報レベル（東京6,733人、大阪2,535人）。全国1,772の学校で学級閉鎖や休校。

　22日までは9週連続増加の8万1,160人、定点16.41人。沖縄を除く46都道府県で増加し、31都府県で注意報レベル。（東京9,044人、大阪3,438人）。全国では3,751の学校で学級閉鎖や休校。

※【咽頭結膜熱】（5類感染症全国約3,000小児科定点把握）
　アデノウイルスによる急性ウイルス性感染症
　のどの炎症や発熱、結膜炎の症状が出る
　主に夏場に流行し小児に多い病気　5歳以下が約6割
　飛沫感染や手指を介した接触感染　5〜7日の潜伏期間
　プールでの感染も多いことから「プール熱」と呼ばれる
　特異的な治療方法はなく対症療法が中心

10月1日（日）

千日手？　　　　　　　　　　　　　　　　ショート256

政府は当初5類移行に伴い9月末までに
外来対応医療機関の目標を約6万4,000ヵ所と示したが
今後発表無しの「尻切れトンボ」で終わるのか？
「このまま黙っていて医療か（いいのか）？」
方針は示すが結果説明が無く中途半端
今までのことを反省し対策する姿勢が見られない
金銭補償は限りがあるし長く続かない対処療法
不正請求や詐欺などが横行する事態も生む
根本から見直さないといつまでたっても元の木阿弥
将棋の千日手のように
コロナは流行のたびマスクや3密の始めに戻るのか？

10月7日（土）

季節外れの流行　　　　　　　　　　　　ショート257

フルロナのコロナ減り　インフル　フル活動？

コロナ全国感染者は8月28日～9月3日定点20.50人がピーク

10月1日までの1週間は全国定点8.83人と4週連続の減少

ところがインフルは同期間定点9.57人と6週連続増加

両者の定点医療機関は約5,000ヵ所と同一

インフルがコロナを上回る状態になる（人数＋3,641人）

全国では学級閉鎖や休校が増加している（前週の1.4倍）

更に咳止めなど薬も不足状態

本来インフルエンザワクチンは事前予防策だが

既に流行がまん延し「後出しじゃんけん」状況

コロナ対策緩和による免疫低下やインバウンドの影響も？

マスクを外す人が増えているのもその一因か？

難（何）ともならなくなっている

10月10日（火）

続編200編到達　　　　　　　　　　　　ショート258

続編はショート187編　メッセージ13編　合計200編目となる

昨年5月以来　約1年半経過

この間　第7波から第9波に見舞われる

第9波感染者は減少傾向　関連するニュースや報道も減少

トールペイントに集中する時間が増える日々

"書く"から"描く"へ「書く描く（斯く斯く）然々」

作品の額装で渋谷や横浜に外出する機会も増える

10月10日にとうとう孫3人のウエルカムボードが完成

コロナもこの先どう変異するのか気になるが

「冬の訪れ第10波」にならないことを願うだけ

「どうする家康」最終回は12月17日　年末に総集編

続コロナショックをいつ終了するか思案中

10月17日（火）
〈ちょっと休憩（招かれざるモノ）〉
　"くまモン"登場なら楽しいが
　全国15道府県ではクマが出没し「苦舞った状況」
　クマ被害が過去最悪（9月末まで死者2人含む109人）
　家の中に知らずに侵入してくるのは"ゴキブリ"だが
　2日前夕方　玄関ドアを開けると"トカゲ"が侵入
　玄関内で外に出そうと奮闘するも行方不明
　17日夜8時過ぎに発見
　2階の天井に張り付いていた
　卓球用ボール集めの網で捕獲し外へ出す
　予期しない訪問者は一件落着となった

【11月1〜30日】

　11月の飲食料品値上げはこの2年間で最少の131品目（2023年通年計3万2,189品目）、沈静化の傾向が強まる。ガソリンや電気・ガス料金補助は来年4月まで延長（2日総合経済対策閣議決定）。

　2日東京都の10月23〜29日報告数764人（−114人）、定点当たりは1.84人（87％）、入院者数は484人（−96人）。大阪府は1.82人（72％）、報告数は555人（−216人）。

　5日SMBC日本シリーズで阪神タイガースがオリックス・バッファローズに勝利し、4勝3敗で38年ぶり2度目の日本一に輝く。

　7日全国の10月23〜29日報告数1万4,125人（−1,950人）。定点当たりは2.86人（88％）。1日時点の入院者数は5,841人（＋35人）うち重症者数は80人（−26人）。感染者は8週連続・34都府県減少。

　9日東京都の10月30日〜11月5日報告数607人（−157人）、定点当たりは1.46人（79％）、入院者数は570人（＋86人）。大阪府は1.54人（85％）、報告数は471人（−84人）。

　10日全国の10月30日〜11月5日報告数1万2,065人（−2,060人）、定点当たりは2.44人（85％）。8日時点の入院者数は5,833人（−8人）うち重症者数は91人（＋11人）。感染者は42都道府県で減少となり、5類移行後の定点2.63人を初めて下回る。

　16日東京都の6〜12日報告数501人（−106人）、定点当たりは1.20人（82％）、入院者数は422人（−148人）。大阪府は1.36人（88％）、報告数は414人（−57人）。京都大学チームがワクチン接種は2021年2〜11月の感染者と死者数をいずれも90％以上減らせたとの推計結果をまとめた。本期間感染者約470万人、死者は約1万人。

　17日全国の6〜12日報告数9,941人（−2,124人）、定点当たりは2.01人（82％）。15日時点の入院者数は4,755人（−1,078人）うち重症者数は77人（−14人）。厚労省はオミクロン株XBBに対応した国産初のワクチン（対象12歳以上）を第一三共から計140万回分購入することを合意した（28日国内製造販売承認、12月以降接種使用）。「エムポックス」は前日福岡県での初確認に続き、岡山県でも初確認（共に海外渡航歴なし）。今月10日時点で218人に上る。大谷翔平選手

がア・リーグ史上初の２度目の満票ＭＶＰに選ばれた。

21日プール熱は6～12日患者数が1万173人、定点3.23人で過去10年最多を4週連続更新。25都道府県で警報レベル超え。

22日厚労省はワクチンについて65歳以上の高齢者に限定し、無料または低額の「定期接種」（年1回秋冬、来年3月まで臨時接種）に位置付ける。それ以外の人は原則自己負担。

24日東京都の13～19日報告数486人（－15人）、定点当たりは1.17人（98％）、入院者数は430人（＋8人）。大阪府は1.41人（104％）、報告数は429人（＋15人）。全国では報告数9,648人（－293人）、定点当たりは11週連続減少の1.95人（97％）。22日時点の入院者数は27日発表変更で4,873人（＋118人）うち重症者数は71人（－6人）。厚労省はコロナ関連死者数が9月は最大5,235人とする試算を発表。8月の4,966人（修正後）を上回り5類移行後の最多を更新。

〈救急搬送困難事案の状況（内数）〉

11月5日までの1週間2,858件（東京1,557件）。12日までは2,647件（東京1,437件）。19日までは2,738件（東京1,387件）。26日までは3,126件（東京1,580件）。

〈インフルエンザの状況（内数）〉

10月29日までの1週間9万7,292人、定点19.68人（前週1.2倍）。10週連続で増加。警報レベル30人超えは愛媛51.46人、埼玉33.08人、他40都道府県で注意報レベル超え（東京8,282人、大阪3,859人）。全国4,706（前週1.25倍）の学校で学級閉鎖や休校。

5日までは10万4,359人、定点21.13人。11週連続、37道府県で増加、6都県が警報レベル（東京7,086人、大阪4,046人）。全国5,067の学校で学級閉鎖や休校。

12日までは8万5,766人、定点17.35人。12週ぶりに減少、31都府県で減少、佐賀36.13人、他44都道府県で注意報レベル（東京4,779人、大阪3,883人）。全国3,668の学校で学級閉鎖や休校。

19日までは10万6,940人、定点21.66人。全都道府県で注意報レベル、うち警報レベル4道県（東京5,082人、大阪4,774人）。全国3,954の学校で学級閉鎖や休校。

11月11日（土）
ラストメッセージ

コロナ感染者は5類移行後の1週間定点は2.63人だった
ピークは8月28日〜9月3日の20.50人を境に減少
第9波は11月5日までの1週間2.44人　5類移行後最少
インフルエンザは11週連続増加と最悪状態が継続
スポーツ観戦や音楽ライブなどは平常を取り戻している
政界では岸田内閣の経済対策減税問題で紛糾している
コロナより経済問題の報道が多くなっている
コロナはしぶとく生き残るが
高齢者にとって重症化の脅威は拭いきれず
後遺症で悩む多くの人もいる
ワクチン接種はインフル同様続いていくのだろうか？
マスクを外せる日はいつになるのだろうか？
私事になるが音楽ライブはまだ行く気にならないが
趣味のトールペイントで渋谷などへ外出する機会も増えた
友達との外食など巣ごもりの生活からは脱却している
メッセージ前回作では2020年4月〜2022年4月末293編
続編は2022年5月〜2023年11月201編で累計494編
コロナ川柳は前回作276句　続編は78句で累計354句
通算3年8ヵ月にわたりよく続いたと思う
続編は11月末で終了としたい　いい（11）日旅立ちか？
これまでのご愛読に感謝すると共に
第10波が来ないことを願いつつ
本書がコロナ史として末永く残っていくことを祈念したい

〈参考資料：5類移行後コロナ感染者推移一覧（単位：人）〉

期　間	報告者数	全国定点	東京都	大阪府
5月8〜14日	1万2,922	2.63	2.40	1.79
5月15〜21日	1万7,489	3.55	3.53	2.37
5月22〜28日	1万7,864	3.63	3.96	2.75
5月29日〜6月4日	2万2,432	4.55	5.29	3.33
6月5〜11日	2万5,163	5.11	5.99	4.33
6月12〜18日	2万7,614	5.60	5.85	4.55
6月19〜25日	3万255	6.13	6.22	5.16
6月26日〜7月2日	3万5,747	7.24	6.85	5.93
7月3〜9日	4万5,108	9.14	7.58	7.87
7月10〜16	5万4,150	11.04	8.25	10.22
7月17〜23日	6万8,601	13.91	9.35	13.56
7月24〜30日	7万8,502	15.91	11.12	14.66
7月31日〜8月6日	7万7,937	15.81	11.53	13.69
8月7〜13日	6万7,070	14.16	10.37	10.23
8月14〜20日	8万6,756	17.84	10.96	11.88
8月21〜27日	9万3,792	19.07	14.53	12.40
8月28日〜9月3日	10万1,289	20.50	17.01	14.35
9月4〜10日	9万9,744	20.19	16.36	14.62
9月11〜17日	8万6,510	17.54	16.04	12.99
9月18〜24日	5万4,346	11.01	8.89	8.78
9月25日〜10月1日	4万3,705	8.83	7.08	7.02
10月2〜8日	2万5,630	5.20	3.62	3.85
10月9〜15日	1万8,587	3.76	2.33	2.77
10月16〜22日	1万6,075	3.25	2.11	2.53
10月23〜29日	1万4,125	2.86	1.84	1.82
10月30日〜11月5日	1万2,065	2.44	1.46	1.54
11月6〜12日	9,941	2.01	1.20	1.36
11月13〜19日	9,648	1.95	1.17	1.41

厚労省データより

著者プロフィール

Hal.（ハル）

血液型はO型ダンプカー
「さそり座の男」で寅年
生まれは浜ッ子（横浜）
聖光学院高等学校・早稲田大学卒業後富士通（株）入社
人事・総務畑にて川崎・南多摩・長野・明石・広島など各地歴任
関係会社役員退任後フリー（川崎市在住）
趣味は作詞・作曲、短歌創作、油絵・トールペイントなど幅広く活動

本書は第5作目となり執筆期間は1年7カ月に及ぶ

著書
第1作『Message From M　美感遊創』（2016年4月）
第2作『続Message From M　Halに起こった出来事』（2016年11月）
第3作『歌が聞こえる　続続Message From M』（2019年9月）
第4作『コロナショック　Message From M』（2022年11月）
　　　　　　　　　　　　　　　　　　　　すべて文芸社刊

続コロナショック　Message From M

2024年5月1日　初版第1刷発行

著　者　Hal.
発行者　瓜谷 綱延
発行所　株式会社文芸社
　　　　〒160-0022　東京都新宿区新宿1-10-1
　　　　　　　　　電話 03-5369-3060（代表）
　　　　　　　　　　　　03-5369-2299（販売）

印刷所　図書印刷株式会社